OREILLE ROUGE

DU MÊME AUTEUR

MOURIR M'ENRHUME, *roman, 1987*
LE DÉMARCHEUR, *roman, 1988*
PALAFOX, *roman, 1990 ("double", nº 25)*
LE CAOUTCHOUC, DÉCIDÉMENT, *roman, 1992*
LA NÉBULEUSE DU CRABE, *roman, 1993 ("double", nº 39)*
PRÉHISTOIRE, *roman, 1994*
UN FANTÔME, *roman, 1995*
AU PLAFOND, *roman, 1997*
L'ŒUVRE POSTHUME DE THOMAS PILASTER, *roman, 1999*
LES ABSENCES DU CAPITAINE COOK, *roman, 2001*
DU HÉRISSON, *roman, 2002*
LE VAILLANT PETIT TAILLEUR, *roman, 2003*
OREILLE ROUGE, *roman, 2005 ("double", nº 44)*
DÉMOLIR NISARD, *roman, 2006*
SANS L'ORANG-OUTAN, *roman, 2007*

Aux éditions Fata Morgana

SCALPS, *2004*
COMMENTAIRE AUTORISÉ SUR L'ÉTAT DE SQUELETTE, *2007*

Aux éditions Argol

D'ATTAQUE, *2005*

ÉRIC CHEVILLARD

OREILLE ROUGE

LES ÉDITIONS DE MINUIT

La première édition de ce livre
a été publiée avec l'aide
du Centre régional du livre de Bourgogne
et de la ville de Quetigny.

7, rue Bernard-Palissy, 75006 Paris
www.leseditionsdeminuit.fr

ISBN : 978-2-7073-2009-4

I

Ne rien attendre de sensationnel venant de lui. Il pourrait s'appeler Jules ou Alphonse. Il pourrait s'appeler Georges-Henri. Il est Français comme le Sioux maquillé est Sioux. Il ne déteste pas la pluie sur la Bretagne. C'est un bon garçon mais il n'a franchement rien à faire en Afrique. Il n'y pense même pas. L'Afrique ? Il se verrait plus naturellement accoucher de onze chiots.

Il est invité à séjourner et à écrire dans un village du Mali, sur le Niger.

N'importe quoi. Le Guatemala ou le Surinam ne seraient pas des destinations plus aberrantes. Mali est le nom d'un aérolithe, sans doute. Il a fallu qu'il tombe justement dans son jardin. Il a fallu qu'il tombe dans son petit jardin justement au moment où il s'y trouvait lui-même. Et que faisait-il dans son jardinet ? Il jardinait. Ça lui est tombé dessus. Il taillait ses rosiers, il binait son carré de salades.

Il devrait s'appeler Jean-Léon.

Au nom de quoi faudrait-il toujours partir ? Et s'il était plus aventureux de rester ? La vie est là, de toute façon. Il se demande si ceux qui partent ne bercent pas sans se l'avouer le rêve d'aller où elle n'est pas. Il développe de solides argumentations sur la beauté des habitudes. Il hoche sa lourde tête de philosophe. Son regard erre sur les murs de sa chambre.

Oh ! mais il ne va pas y aller.

Au Mali, pas de sitôt. C'est à peine si on sait où c'est. Encore un de ces pays. Il se trouve bien, lui, sur le sol natal. Il connaît le coin. Parfois il caresse le projet de faire un tour à Prague, ou au Portugal. On verra. Mais le Mali, quelle idée. Jamais auparavant il ne s'est soucié du Mali, ni de près ni de loin, ni même de Lima ou de Bali, c'est dire.

Il ne va pas feindre tout à coup d'avoir quelque chose à y faire.

On l'invite en résidence d'écriture dans un village du Mali, sur le Niger. Comme s'il avait besoin de se rendre là-bas pour écrire. Qu'on lui apporte une table, une chaise, un crayon et du papier. Sujet, avons-nous dit, l'Afrique. Facile. Tel est son tour d'esprit qu'il pense tout de suite aux grands animaux de la savane. Son imagination limitée convoque aussitôt la girafe et l'éléphant.

Lisons.

Albert Moindre débarquant en Afrique, la première créature qu'il rencontre, c'est une girafe. Il a un peu de mal à y croire. Il s'interroge. Est-ce que par hasard il ne serait pas victime d'une hallucination ? Il se demande à quoi cette grande chose peut bien servir. Puis il a une illumination.

– Ça ne peut être qu'un porte-chapeau.

Mais une si haute et belle construction plutôt sophistiquée pour un usage aussi prosaïque, c'est tout de même bien inhabituel. Sans compter que l'on a visiblement pris grand soin de ne pas surcharger l'ensemble afin de ne pas nuire à son équilibre garant aussi de son élégance singulière, mélange de solidité et de grâce légère, d'assise et d'essor.

L'Occidental n'aurait pas manqué de multiplier les patères, afin de rentabiliser l'objet.

Albert Moindre contemple la girafe. On peut poser quoi là-dessus ? Une casquette, ou un melon.

Si tu as deux chapeaux, il te faut deux girafes.

Ainsi naissent les troupeaux, se dit Albert Moindre en se frappant le front du plat de la main.

Albert Moindre croyait avoir fait le tour de l'éléphant. Il ne lui avait fallu pas moins de quinze années, sans jamais ralentir le pas. Mais cette fois il arrivait au bout de son périple. Ne commençait-il pas à reconnaître des choses qu'il avait vues déjà, des gens et des lieux ? Il continuait pourtant. Car dès qu'il prenait la décision de s'arrêter et de poser son sac, le doute s'insinuait en lui : et s'il ne s'agissait que de ressemblances, de similitudes fortuites ? Et il repartait. Il allait voir plus loin.

Le malheureux, il marche encore.

A-t-on jamais fait le tour de l'éléphant ? se demande Albert Moindre en allongeant le pas.

Voilà pour l'Afrique. C'est bien assez. Au moins la voit-on tout entière en demeurant à distance. Pourquoi irait-il se fourvoyer là-bas au risque de ne plus pouvoir en saisir rien qu'une poignée de terre à ses pieds ? Et perdre ainsi tout contact avec l'Afrique. D'ailleurs il n'est pas du genre à courir le monde. Où cela mène-t-il ? En a-t-on jamais fini ? Il y a toujours une île, une montagne, et les steppes et les banquises. La pampa.

Il va donc rester bien tranquillement chez lui.

On commence à cerner ce personnage moyennement complexe. Un certain talent pour la rhétorique de la justification et de la mauvaise foi aurait pu nous abuser. Mais non, nous l'avons vite percé à jour. C'est un pleutre. Il ne respire que dans sa tanière, dans son odeur. Au-delà de son lopin s'étend la terre des ombres, des esprits maléfiques. Nul n'en est jamais revenu.

Quelles simagrées !

Sa sagesse le tourmente un peu, tout de même. Il joue avec la tentation de l'Afrique. Pas sérieusement.

Il n'ira pas. Mais enfin, il commence à en parler autour de lui. Il fait comme s'il hésitait. Peut-être vais-je aller en Afrique au début de l'année prochaine, je ne sais pas encore. Je me tâte. Il laisse entendre que sa vie n'est que cela, projets, départs, course en zigzags sur la planète.

De repos, jamais, mais parfois il s'étend un moment pour une sieste sur la canopée.

Négligemment lâchée dans toutes ses conversations, l'information fascine. Il en tire sans bouger tous les prestiges du voyageur. Voyons-nous l'hiver prochain, dit-il, puis ajoute à moins que je ne sois en Afrique. Je me demande si je ne vais pas faire un saut au Mali en janvier, murmure-t-il, songeur, comme pour lui-même. Écoute, je ne peux pas m'engager, il n'est pas impossible que je sois en Afrique à ce moment-là.

Pour qui nous prend-il ?

Il n'ira pas. Mais il jouit de cette perspective. Le mot lui suffit. Le mot Afrique est à lui maintenant. Il a le droit de l'employer. Ne s'en prive pas. Afrique Afrique. Dans sa bouche, ce n'est plus une telle incongruité dorénavant. Il fixe l'horizon avec des yeux de propriétaire. Il est chez lui là-bas. Il a de bonnes raisons d'articuler le mot Afrique.

On lui voit même souvent quand il en parle un petit air blasé.

À croire qu'il a déjà été en Afrique. À croire qu'il y passe sa vie. Six mois sur douze. Il en a un peu assez de l'Afrique. Il va faire une pause. Quelques mois sans Afrique, ça lui serait bénéfique, histoire de changer de décor. Il en profiterait pour lire, pour écrire, enfin. Cela, il ne le dit pas, mais tout dans son attitude, ses allusions et ses silences évoque le baroudeur fatigué qui s'accorderait bien un petit répit.

Oh ! mais pour mieux rebondir.

Quel faon ! Lui qui n'est pas loin de penser qu'avant sa démonstration on ne savait pas se servir du papier blanc, voilà qu'il voudrait se poser en homme d'action et pour cela fait résonner aussi souvent qu'il le peut le mot Afrique. Afrique Afrique. Parfois, il dit plutôt Mali, c'est le mot juste.

La précision est l'une des qualités les plus appréciées de son style.

En effet, il est invité au Mali, dans un village, sur la rive du Niger. Il va décliner. Il ne donnera pas les vrais motifs. Il ne dira pas que c'est par lâcheté, incuriosité, et parce que dans les limites de son esprit borné il éprouve un tel contentement de soi qu'il ne voit aucune raison de modifier sa condition et préfère laisser fondre sa moelle sous sa langue avec délectation et les yeux tournés en dedans.

Une oreille attentive l'entendrait ronronner.

De grands poèmes montent en lui.

Afrique Terre rouge de l'homme noir
Terre du retour à soi quand la poussière retombe
Ici la discipline et la sauvagerie sont co-épouses
Ici il te faut creuser un puits dans l'écorce pour atteindre le fruit
Ici tu te mires et t'admires dans le visage luisant de l'ébène

Etc.

On s'y croirait. À quoi bon partir ?

Afrique Rivage sec de la Voie Lactée
Lune de la lune sans eau ni électricité

Sans ses bottes de cosmonaute l'éléphant n'ira pas loin
Ici les armes sont frustes mais le soleil a été touché
Voici son grand corps étendu sur le sol
Etc.

Parce qu'il ne croit plus en la poésie, il ne croit plus non plus en l'Afrique.

L'Afrique n'a jamais été pour lui qu'une création poétique, un territoire peuplé par le songe d'animaux chimériques, l'éléphant (l'éléphant !), la girafe (la girafe !). Puisque la poésie épuisée n'a soudain plus de mots pour la nommer, elle doit disparaître. Depuis combien de temps n'a-t-elle pas suscité un nouveau pachyderme ? Notre pragmatisme n'a que faire désormais de ces féeries puériles. L'Afrique est loin derrière nous, vieille histoire.

Ce n'était qu'un rêve.

Fiction naïve de l'innocence préservée, de la préhistoire qui dure. Si prompt à s'extasier devant l'authenticité du Peul et du Massaï, le voyageur occidental refuse de reconnaître ou d'assumer la sienne – soudain, curieusement, authenticité égale rusticité.

Puis il feint d'envier le Peul et le Massaï qui n'ont pas perdu la leur et il se lamente d'appartenir, quant à lui, à une civilisation en déroute, incohérente et fausse.

Mais ce ravissement et ce refus et cette feinte et cette lamentation caractérisent précisément l'authentique voyageur occidental.

Car il a des théories qu'il ne se prive pas d'exposer en société. Il fait autorité sur ces questions depuis qu'il a reçu une invitation de l'Afrique. Le voyageur occidental, dit-il par exemple, ne craint-il pas d'affirmer, considère le Peul ou le Massaï comme des individus qui sont essentiellement des habitants du lieu, typiques, fortement structurés par leurs coutumes, leurs rites, leurs traditions, et le voyageur occidental les couve du regard, tout attendri.

Ne vivent-ils pas dans la vérité ?

Le Peul est Peul à cent pour cent. Peul des pieds à la tête. Peul aussi quand il dort. Peul prisonnier consentant du Peul. Peul comme nul autre ne saurait l'être et surtout pas le Massaï, bien trop Massaï pour cela, Massaï jusqu'au bout des ongles, Massaï encore quand il pense à autre chose, irrémédiablement et définitivement Massaï, en chacun de ses gestes, en chacun de ses actes, Massaï.

Peul Peul et Massaï Massaï.

Peul en dedans et au-dehors, Peul en profondeur et en surface, Peul sans autre horizon que Peul, Peul dans le Peul dans le Peul dans le Peul, Peul cousu de Peul, farci de Peul, fils Peul et père Peul, Peul comme seul le Peul, et surtout pas le Massaï qui n'est que Massaï, coincé dans le Massaï, planté dans le Massaï, marié avec le Massaï, mangeant Massaï, dansant Massaï, chantant Massaï, mourant de la mort Massaï.

Massaï Massaï et Peul Peul.

Quant à lui, le voyageur occidental, dit-il d'un ton sans réplique, il possède la liberté non seulement physique, économique, mais aussi mentale, psychique, qui permet justement le voyage, l'intelligence immédiate et parfaite de toutes les cultures, c'est toutefois ce qu'il semble croire, comme s'il n'était pas lui-même typique sous sa casquette et mû par les réflexes acquis sur sa terre natale, non moins argileuse que n'importe quelle autre et dont il ne restera aussi qu'un bol creux sur le tour du potier.

Esprit sans attaches ni préjugés survolant le monde offert à sa curiosité, à sa compréhension sans limite et qui lui réserve ses beautés cachées, voilà comme il se voit.

Il est pourtant bien difficile de trouver un individu plus déterminé, plus prévisible, plus folklorique que le touriste occidental. Ce n'est pas par hasard que des caricaturistes assis sur leurs sièges pliants l'attendent devant tous les hauts lieux. Portraitistes rigoureux en vérité qui amusent leurs modèles avec des miroirs. Et plus ceux-ci en rient, plus leurs traits se boursouflent, leurs narines s'écarquillent, leurs nez s'allongent.

Et c'est peu de dire qu'ils ont de gros genoux.

Pas lui. Il ne donnera pas tête baissée dans ce panneau. Mais il cherche des informations sur le village. Il sent bien la nécessité de lester de quelques détails concrets le discours qu'il sert à son auditoire fasciné et mouvant. Il se procure la gazette de la région, qui le renseigne.

Les eaux du fleuve ont monté brusquement et inondé la rive jusqu'aux premières maisons du village. Un hippopotame a semé la mort parmi les exploitants de sable. Deux d'entre eux ont déjà péri. Tiémoko Coulibaly a perdu la vie lundi suite à une attaque de l'animal. Selon les témoins, Tiémoko et ses compagnons avaient déjà fini de charger leur pirogue de sable quand ils ont été attaqués. Tiémoko est tombé à l'eau. Son corps n'a été retrouvé que le lendemain. La deuxième victime s'appelait Hamadoun Touré. L'hippopotame en colère a donné deux coups de patte à la pirogue qui a chaviré. Hamadoun Touré a coulé à pic.

Est-ce assez concret ?

En même temps, ce lamentable fait divers renforce son incrédulité (un hippopotame !). L'Afrique est invraisemblable. Il lui revient aussi qu'on prétend le loger au bord du fleuve. Le Niger clapote contre les murs de la Résidence. Jamais encore la menace d'un coup de patte d'hippopotame ne l'avait fait frissonner. Il demeurait de marbre face à ce péril.

Soudain il sent vaciller son courage.

On y séjourne très bien en imagination, dans ce pays. Le voyage s'avère décidément superflu, juste des embarras d'aéroport et de visa, une corvée de bagagiste. Comme si son aventure africaine pouvait s'accommoder de ce piétinement. *Mali* signifie *hippopotame* en langue bambara. Il suffit de le savoir et de le dire, c'est y être allé, c'est en revenir. Je suis attendu dans la République de l'Hippopotame, dit-il. Et vous ?

Peu à peu le piège se referme sur lui. Il ne peut plus reculer. On ne comprendrait pas. À présent, il regrette de n'avoir pas su tenir sa langue. Il est sur le départ, entend-il murmurer dans son dos. On le chasse. On le bannit. Le voici contraint à l'exil. Sa décision n'est pas encore prise que de partout on vient lui dire au revoir. D'accord, d'accord, il va y aller.

Il aura été brave une fois dans sa vie, en tremblant de tous ses membres.

Il y va. Il s'installe confortablement sur le siège inclinable, position couchette – décollage. À travers les nuages, il distingue un foulard espagnol, il trempe un pied dans l'Atlantique, il ratisse le sable du Sahara avec ses doigts. Il traverse quelques turbulences, il a un bref évanouissement, puis le médecin retire son gant de caoutchouc, jette la seringue dans une corbeille, c'est fini, vous pouvez remettre votre chemise.

Il ne lui faut pas moins de six vaccins pour se sentir enfin concerné par l'Afrique.

Il va y aller. C'est encore le plus sûr moyen d'en revenir. Alors il se fera passer pour un autre homme. Un homme nouveau. L'Afrique m'a changé complètement. J'étais ceci, je suis cela. J'étais Blanc et je suis Noir. Il s'entend déjà dire : point de vie qui vaille sans la rude expérience de l'Afrique. Et : on croit connaître l'Afrique par les journaux, par les reportages, mais non, rien, laissez-moi rire. Il faut être allé là-bas.

Il faut avoir vécu là-bas pour savoir vraiment ce qu'est l'Afrique.

Il s'entend déjà dire : soumets ta vie à la rude épreuve de l'Afrique. Si tu veux te connaître, garçon, va en Afrique. Va chercher ta vérité en Afrique. Renoncez à vos habitudes, bourgeois, à votre bonheur écœurant, morbide, allez en Afrique. Toi qui doutes, toi qui te complais dans le désespoir frivole et l'amertume, va plutôt en Afrique. Prends le risque de l'Afrique.

Et il écrira *Mon Mali.*

Il écrit ordinairement au crayon sur des feuilles volantes. Ce n'est pas l'idéal, en voyage. On doit pouvoir écrire sur ses genoux. On doit pouvoir écrire coudes au corps dans la foule. On doit pouvoir écrire dans la nuit, à la lueur d'une lampe-tempête ou d'une allumette. Et encore sur un arbre perché. Allongé dans l'herbe. Dans un creux de sable ou de terre. Il songe à acquérir un petit carnet de poche.

Noir, recouvert de moleskine, avec un élastique en guise de fermoir.

En attendant, il vient de recevoir son passeport. J'ai dû le faire refaire, dit-il. Mais c'est évidemment la première fois qu'il possède un passeport. Il attrape l'objet plat par un angle et l'agite devant son visage, puis tapote avec la paume de sa main gauche. Il caresse du bout des doigts la couverture lisse et luisante, très légèrement grenue. Jusqu'alors il n'avait connu ces sensations extrêmes qu'en dorlotant son livret de caisse d'épargne.

C'est pourtant le contraire. Finie l'économie mesquine.

Et vive la dépense de soi. La vie sans compter. Le quitte ou double à chaque seconde, le jeu avec le feu. Il palpe le passeport flambant neuf. Il songe à accélérer son vieillissement. Peut-être en le passant sous l'eau ou en l'oubliant toute une nuit dehors, dans l'herbe ? Faut-il le recouvrir de terre ou le racler contre une pierre rugueuse ? Ne serait-ce que l'érafler un peu avec l'ongle ?

Point de passeport digne de ce nom que n'a pas visé la griffe du lion.

Et lui, va-t-il aussi s'exposer aux vents violents et aux intempéries pour tanner un peu son cuir avant le grand départ ? Mon Dieu, comme il est rose ! Bébé ne change pas ! Inaltérable peau de tendron, on aurait envie de l'embrasser dans le cou, de lui caresser les cuisses. Il va falloir me faire barouder tout ça. Manque de corne sous les pieds et de cals dans les paumes, ce mignon.

Où sont ses cicatrices ?

Il part, c'est décidé. Il l'annonce à tout le monde, même quand on ne lui demande rien. – Et quel est l'objet de votre voyage ? – Humanitaire. – Ah ? – Oui. Dans ce pays sans ombre, il y aura bientôt la mienne... D'ores et déjà, une chose est sûre : il ne reviendra pas plus sot. Pourquoi part-il, au vrai ? Que va-t-il faire en Afrique ? Transparente énigme. Comme toujours, comme partout, il va y chercher un livre.

Et que croyez-vous qu'il rapporterait de la lune ?

Il ne part pas avec l'intention de piller les trésors de l'art africain, ni pour trafiquer l'ivoire, la corne de rhinocéros ou le pouce de gorille. Il ne remplira pas les soutes d'un avion de jeunes fauves ou de perroquets. Il ne va pas cacher dans ses intestins un tronc d'ébénier. Mais s'il rencontre quelque vieille mythologie point trop connue ici, si on lui raconte une belle histoire dont il pourrait impunément se prétendre l'auteur...

Écrire pour lui : faire main basse.

Car il a tout de même trop de lucidité pour tenir un journal et tenter de persuader son lecteur qu'il est le premier homme blanc à débarquer en Afrique. On ne peut plus raconter ses voyages, ou bien il faut que la projection elle-même tourne à la catastrophe, que toutes les diapositives apparaissent à l'envers et, parmi elles, une image scandaleuse ayant trait à l'état de nudité, sans rapport avec l'aventure, puis que l'écran se décroche.

Enfin que le projecteur brûle.

Ses nuits sont agitées. Le bateau tangue, qui va là-bas. Il rêve que l'Afrique est une main ouverte qui le menace d'une gifle et cette main en effet le frappe, joue droite, joue gauche, puis l'écrase sur le mur de sa chambre comme un insecte. Il se réveille en hurlant, sa compagne lui prend la main, lui essuie le front, lui parle doucement. Il respire. Il se calme. Peu à peu se tranquillise. Il se rendort, soulagé.

S'abattant sur lui comme une hache, l'Afrique le fend en deux de haut en bas.

Où va-t-il avec cette brouette ? À la pharmacie. Il remplit deux trousses de médicaments. Il ne peut plus mourir. Il achète aussi de quoi se prémunir contre les dangers spécifiques : crème solaire écran total, pommade de protection pour les lèvres, répulsif antimoustiques, aspivenin, comprimés pour désinfecter l'eau. Ça le rassure et pourtant ça le tracasse aussi.

Pourra-t-il malgré tout prétendre qu'il a vécu en Afrique ?

Pourra-t-il malgré tout prétendre qu'il a fait la rude expérience de l'Afrique, derrière ces voilettes ? On va croire qu'il a envoyé sa grand-mère à sa place ou qu'il a dépêché sur les lieux sa photographie lisse et glacée. C'est pourtant la peau qui voyage, c'est la peau seule. C'est la peau qui découvre l'Amérique et les deux Pôles par la perception sensible et le toucher.

Les paupières s'informent plus vite que les yeux des réalités nouvelles.

Or il s'apprête à partir en Afrique sans elle, sans sa peau, celle-ci tant enduite et imprégnée de lotions protectrices qu'elle n'éprouvera pas mieux l'Afrique, en effet, que si elle partait de son côté pour la Norvège ou qu'il la laissait plutôt accrochée à un cintre, dans l'ombre douce de sa penderie, avec ses vêtements d'hiver. Mais qui a parlé de sentir ou de toucher ? Il veut prendre, et cela la main gantée le fait aussi prestement que la main nue.

Il préfère pourtant citer l'éléphant en exemple, tendre cœur et l'œil humide sous l'écorce de boue.

À la pharmacie, il achète aussi un flacon de fleurs de Bach, en aérosol. Deux pulvérisations dans la bouche et vous reprenez confiance, la sérénité revient, l'amour de soi, vos petits nerfs sagaces et perforants comme des vers à bois n'ont plus rien à mordre dans la ouate dont votre corps est bourré, ils cessent bientôt de se trémousser, vous êtes bien, apaisé, vous nagez en pleine euphorie.

Il rédige son testament.

Déchiqueté par un crocodile, il ne craindra plus les crocs des chiens de ferme dégénérés de l'Auvergne profonde. Il se dit n'importe quoi pour s'encourager. Devant autrui, il fait le désinvolte. Il lui arrive même de feindre l'impatience. J'ai hâte d'y être, dit-il. Vivement le soleil d'Afrique ! Mais s'il compte les jours, en effet, c'est plutôt comme on calcule le temps de vie qui nous reste quand les médecins en ont fixé le terme.

Rhinocéros, mon ami, on échange nos chemises ?

En janvier, non, impossible, je serai en Afrique. Au moins jouir à fond du prestige que lui confère cette perspective (s'imagine-t-il). Attendez, attendez, fin février, dites-vous ? Non, je ne serai pas rentré d'Afrique. Oui, je pars comme ça de temps en temps. Parfois, je ne supporte plus la France. Je dois partir, c'est impérieux, quitter tout ça. Foutre le camp, nom de Dieu !

Justement, ce matin, il reçoit son billet d'avion et son visa.

C'est un rude choc. Sans doute n'y croyait-il pas vraiment. Il ne va tout de même pas aller en Afrique. C'était une plaisanterie, un jeu. Comment une compagnie d'aviation a-t-elle pu prendre cette comédie au sérieux ? Même le consulat du Mali est tombé dans le panneau. Plus personne ne comprend l'humour, décidément. Triste monde que celui dans lequel on ne peut plus plaisanter.

Une satisfaction : il a trouvé à la papeterie un petit carnet de moleskine noire, avec un élastique.

Vraiment un bel objet. Il le regarde avec tristesse. Il pleure pour la chaussure neuve qu'on emmène à la campagne, dans les sentiers de boue, les ronces. Il possède toute une collection de boîtes capitonnées, d'écrins, de cassettes, dans lesquels ses affaires sont à l'abri. Il a un petit étui de mousse pour toute chose, ou un globe. Il se verrait bien lui-même dans la peau d'un scaphandrier.

Si cet inconscient ne s'aventurait ainsi follement dans les hauteurs ou les profondeurs.

C'est la veille de son départ pour l'Afrique et il doit encore se protéger de la pluie. Mais au contraire, il renverse la tête en arrière, il ouvre la bouche, il boit l'averse jusqu'à la dernière goutte, il se désaltère tant qu'il le peut encore, il imbibe tous ses tissus, il remplit ses tubes et ses tuyaux, sa vessie est une outre précieuse, une poire pour la soif. Demain commence une longue période de sécheresse.

Il essaie de coudre de l'eau dans ses poches.

L'hiver ne voudra jamais laisser partir un pareil frileux. Plutôt congeler ce magnifique spécimen. La neige recouvre l'aéroport. Le trafic est ralenti, presque arrêté. Après deux heures et demi d'attente pour l'enregistrement de ses bagages, il est enfin dans la salle d'embarquement. Ainsi perdure en nous l'espoir d'une vie meilleure, de sas en sas. Mais pour lui, la vie meilleure, ne serait-ce pas ne pas partir, rester à l'abri dans l'hiver ?

Les passagers pour Bamako sont invités à se présenter porte C pour l'embarquement.

C'est un rude choc. Il monte dans l'avion et s'assoit, misérable. Son voisin est un jeune Malien très perturbé qui s'agite sur son siège et crispe nerveusement les mains sur sa tablette. En deuil ou en manque, se dit-il en pensant aussi avec le sourire intérieur du lexicographe que c'est un peu la même chose. Il propose son aide sans obtenir de réponse. D'ailleurs il ne va pas ressusciter le père de ce malheureux ni lui fournir sa dose. L'avion ne décolle toujours pas.

On annonce du verglas sur la piste.

Peut-être ne va-t-on pas partir. Allons, tout n'est pas perdu. Il reprend confiance, tandis que son voisin sanglote compulsivement en arrachant la tablette qu'il broie entre ses mains. Puis se recroqueville sur ses genoux et se balance d'avant en arrière en gémissant. Il devient de plus en plus difficile de faire comme si de rien n'était. Ça ne va pas ? L'autre se lève brusquement et il doit se lever aussi pour le laisser passer.

Il n'a rien vu venir. Le poing part et tout vacille.

Décollation en fait de décollage. Voilà ce que c'est que d'engager sa tête dans l'inconnu. On le débarque. Enfin, il voit travailler un aiguilleur du ciel, penché sur lui, qui recoud sa lèvre déchirée. Le lendemain, il est chez lui. Il rapporte de son petit voyage un masque nègre qui fait belle impression. Les femmes soignent ces féroces infirmes, retour des pays chauds.

Ses valises sont parties sans lui. Elles lui raconteront l'Afrique.

Il n'a eu que ce qu'il méritait. Imaginez-vous qu'avant le coup de poing, dans l'avion immobile, prisonnier des glaces, il notait sans vergogne sur la première page de son journal de bord : *Déjà trois heures de vol, l'Afrique se rapproche et je ne vois toujours pas grossir l'éléphant.* C'était amusant, sans doute, mais surtout quelque peu anticipé, à ce qu'il paraît. Son visage tuméfié enfle considérablement, se boursoufle. Voici finalement comme annoncé l'éléphant gonflé à bloc.

Mais il a rencontré un chasseur d'ivoire.

Il n'a pas volé ce coup de poing. Ses poses, ses manières réticentes et capricieuses, ses esquives le désignaient pour cela mieux qu'un sac de cuir dans une salle de boxe. Comme souvent, il a fallu que se porte volontaire pour cogner *un individu déjà connu des services de police* – et vive les phrases toutes faites, se dit pour la première fois de sa vie l'écrivain terrassé qui a perdu beaucoup de ses moyens et notamment le sang avec lequel il écrit, comme on sait.

Mais si ce délinquant n'avait pas été là, il y aurait bien eu dans l'avion un brave homme pour se dévouer, ou une honnête femme, le coup serait parti quand même.

On le devine plus à son aise dans l'état de convalescence. Observer chaque jour dans le miroir les progrès du mal et de sa guérison. Raconter mille fois sa mésaventure en agrémentant son récit de quelques plaisanteries courageuses. Puis sa voix se brise. Ainsi évoque-t-il sans mot dire la violence de l'agression et son confident qui commençait à rire se sent soudain accablé de honte. C'est très fort.

Alors à nouveau une plaisanterie courageuse. Tout en finesse.

Il nous surprend pourtant, car il repart. Il repart. On aurait juré qu'il allait en profiter pour renoncer. Mais il repart. Il reprend un avion puisqu'il n'est plus permis d'aller là-bas en bondissant de liane en liane. Il a connu déjà le coup de patte de l'hippopotame. Il a connu le serpent qui se détend comme un bras et mord et l'œdème consécutif, et la fièvre. Il n'a plus rien à craindre désormais. Tout ce qu'il redoutait tenait dans ce poing.

Température à Paris 3°. Température à Bamako 37°. Durée du vol 5 h 30. Poids de départ 72 kg.

II

À tout instant, il tire de sa poche son petit carnet de moleskine noire, mais parfois il le dégaine comme une arme, parfois c'est plutôt un mouchoir dans lequel il sanglote. D'autres fois encore, le carnet luit dans sa main comme un portefeuille car Oreille rouge ne sait rien refuser à l'Afrique. Son petit carnet noir n'évoque pas non plus sans raison le boîtier d'un appareil de prise de vue ou de prise de son : ainsi équipé, Oreille rouge enregistre le détail de ce qu'il observe. C'est pour son grand poème sur l'Afrique. Il faut le voir tirer de sa poche le petit carnet de moleskine noire, tantôt d'un geste ample et même théâtral, tantôt avec un naturel feint voire une discrétion assez ostentatoire, profitant de l'abri imparfait d'un tronc ou d'un pan de mur effondré, comme s'il conspirait contre l'Afrique. Tout va sauter.

Mais il aura renoncé à ses sombres desseins, car finalement rien ne bouge.

Oreille rouge ouvre son petit carnet de moleskine noire sur ses genoux : imagine-t-il vraiment qu'il va pénétrer par là plus profondément en Afrique ? Il l'ouvre plutôt comme s'il avait enfin trouvé la sortie de secours d'un immeuble en flammes. Voici la porte étroite par où il va quitter l'Afrique. Point d'autre issue. Il voudrait entrer dans son petit carnet noir et le refermer sur lui. Car il aura beau sourire et battre le rythme avec son pied, il ne fera croire à personne que ce petit carnet noir sur lequel il se penche si méticuleusement est un tam-tam, si méticuleusement que celui-ci après trois semaines de baroud évoque toujours l'agenda d'un chef de bureau ponctuel et pointilleux. Oreille rouge a pourtant arraché quelques pages gâtées par ses affreux dessins – arracher signifiant pour notre employé modèle détacher le papier en suivant le pli marqué avec le pouce puis l'ongle du pouce, en tirant un peu la langue : regardez-le bien car nous ne reverrons pas de sitôt se déchaîner ainsi la sauvagerie de ses instincts –, mais que la postérité penchée à son tour sur le petit carnet de noire moleskine est d'ores et déjà invitée à tenir plutôt pour les pages incandescentes du grand poème sur l'Afrique sacrifiées à la beauté franche et sans contrefaçon littéraire possible, tout compte fait, de la vie immédiate en Afrique. Or il n'est pas mûr encore pour ce geste magistral. Il a le souci constant du livre qu'il est venu chercher là, dont il collecte infatigablement les matériaux. Il n'a même pas à se baisser. Pour l'heure, il se demande comment lier plus tard toutes ces notes accumulées dans le petit carnet noir.

Peut-être avec un bon mortier de paille et de boue ?

Réfléchissant à tout cela – méditations premières du grand poème sur l'Afrique –, il laisse longtemps sa main moite de sueur entre les pages. Celles-ci ont gondolé. C'est magnifique. Les premières ratures timidement suivent. Un trait d'abord, un seul trait, fin comme un cheveu, mais sans la courbure folâtre du cheveu, parfaitement horizontal et parallèle aux lignes pré-tracées de la page, un trait qui se superpose au mot ou à la phrase sans grandement nuire à leur lisibilité – et parfois on pourrait croire qu'il les souligne plutôt ou les réserve pour une édition intégrale future avec variantes en fin de volume –, mais bientôt Oreille rouge va prendre goût à cela, à ce geste, ses ratures gagneront en épaisseur, en noirceur, en expressivité, comme s'il avait cette fois enfin trouvé sa voix, son style, sa manière d'inscrire son expérience des choses et de la vie avec honnêteté.

Maintenant, Oreille rouge décoche des traits vifs et précis, dans la grande tradition de l'esprit français.

Maintenant, il arrive aussi, dans le petit carnet de moleskine noire, que l'écriture s'affole, se déforme : Oreille rouge n'hésite pas à noter ses réflexions et ses remarques finaudes dans les taxis-brousse, sur les pistes défoncées, pas grand-chose d'intéressant mais de cette écriture téméraire, indomptable, et non sans soulever un nuage de poussière dans les virages. Gendarmes couchés et ralentisseurs s'efforcent de lui compliquer la tâche. On redoute ce qu'il va dire. On n'a pas tort. Le défi l'exalte. Écrire malgré les cahots, dans le roulis, brinquebalé de droite et de gauche, n'est-ce pas en effet danser avec l'Afrique ?

N'est-ce pas tenir serré contre soi le corps vibrant de l'Afrique et vibrer avec lui ?

Il ouvre résolument son petit carnet de moleskine noire sur ses genoux, mais aucune idée ne lui vient, pas un mot. Tête creuse entre les oreilles rouges. Je suis sec comme le sol d'ici, se réjouit-il, voilà, je suis un enfant du pays. Or, dans un restaurant de Djenné, il remarque une jeune femme blonde qui prend des notes sur ce qui paraît bien être un petit carnet de moleskine noire. Comme elle écrit ! Encore une qui n'a rien compris à l'Afrique, à l'aride perfection de l'Afrique. Il lui arrive de tourner des pages, c'est dire. Du reste, non, elle ne prend pas de notes, sa main n'a pas les gestes courts et crochus du noteur, elle écrit d'une traite, sans souffler, sans relever la tête, au galop, mais sa queue-de-cheval a du mal à suivre, cette jeune femme est en train de parcourir l'Afrique de long en large et, considérant à quelle vitesse elle se déplace sur sa chaise, attablée dans ce modeste restaurant de Djenné, il est à craindre qu'elle ne précède Oreille rouge partout.

Aurait-elle dans l'intention de publier dès son retour un grand poème sur l'Afrique ?

Du coup, Oreille rouge renverse maladroitement sa bière de mil sur son propre petit carnet noir. Ainsi reprend l'avantage sur sa concurrente. Il contemple le carnet humide, boursouflé. Un nuage d'encre circule entre les pages. C'est très bien, ça, vraiment très bien. Qu'en dites-vous, mademoiselle ? Êtes-vous capable de tels effets ? Le livre prend forme. Sa tranche est à demi noircie, à demi blanche encore. Est-ce que lui aussi, s'il persévère, s'il va au bout, s'il s'ouvre suffisamment, il finira par devenir Noir ?

Il s'endort sur ses deux oreilles de moleskine noire. Au matin, quelle déconvenue !

Soudain, il extrait d'une poche son petit carnet noir et l'Afrique surprise dans sa nudité ne sait où se cacher – où se cacherait-elle ? On lit ainsi en travers des pages des noms d'hôtels ou de pensions, des numéros de téléphone. Le petit carnet noir est également agenda, répertoire. C'est la vie même. Souvent, Oreille rouge abandonne à l'autochtone le soin de noter lui-même son nom et son adresse. Ces écritures vernaculaires sont du meilleur effet et attestent de l'authenticité du document.

Les enquêteurs relèveront aussi ici ou là l'empreinte ocre d'un pouce : c'est le sien.

Vingt fois, ses chiquenaudes ont envoyé au loin la fluette araignée jaune qui courait sur sa page, vingt fois elle est revenue. Puisqu'elle se plaît tant ici, il la naturalise dans son noir petit carnet de moleskine en refermant celui-ci sur elle. C'est justement une espèce qu'on ne trouve pas en Europe. Hélas, de telles aubaines ne sont pas fréquentes. L'hippopotame qu'il s'est juré d'approcher durant son séjour ne se laissera sans doute pas coincer aussi facilement.

En revanche, cette autre vilaine tache graisseuse prend tout son sens si l'on sait qu'il s'agit d'une goutte d'huile de coton produite ici même, dans ce village sur le Niger où Oreille rouge est en résidence.

Ce qu'il se garde bien de dire, c'est qu'il possède un deuxième petit carnet de moleskine noire pour le cas où il remplirait le premier. Il ne s'en vante pas car son séjour tire à sa fin et plus de la moitié des pages demeurent vierges incontestablement en dépit des feuilles et des pétales qu'il intercale fallacieusement entre elles comme s'il n'avait jamais songé à en faire autre chose qu'un herbier.

Je parierais même que ce n'est pas vraiment de la moleskine.

Cependant, Oreille rouge ne se lasse pas de noter. Il a l'œil perçant et les doigts d'horloger du noteur. Il démonte le mécanisme de chaque minute et trie les pièces menues avec son ongle pointu. Il a les dents de rat du noteur. Il a la langue de caméléon du noteur, gobeur de mouches. Mais quelquefois, avec ravissement, il se surprend à écrire entre les lignes pré-tracées du petit carnet de moleskine noire : comme un fou. Pressé par l'urgence, il fait fi des lignes pré-tracées sur la page. Il quitte les rails, il se coule entre les barreaux.

C'est un homme libre.

Au retour, il reportera proprement toutes ces notes sur des fiches Bristol classées par thèmes, puis alphabétiquement à l'intérieur de chacune de ces subdivisions, dans un joli classeur neuf. Moquons-nous, mais accordons-lui toutefois ceci : son petit carnet de moleskine noire, enflé, déformé, écorché, commence à ressembler à quelque chose. Griffé, lustré, patiné, il est devenu un véritable objet d'art africain. Il faudrait le perdre maintenant. Il faudrait maintenant perdre le petit carnet de moleskine noire pour aller au bout de l'aventure. Quelle apothéose !

Au lieu de ce mince recueil de notations sèches, il y aurait le carnet perdu, contenant l'Afrique. Il y aurait le grand poème sur l'Afrique à jamais perdu, mais bien réel, du coup. Il y aurait dorénavant le mythique livre africain disparu – et le silence définitif d'Oreille rouge sur le sujet.

Car s'il venait à égarer son petit carnet de moleskine noire, que lui resterait-il de l'Afrique ?

Au moins le souvenir de Toka. Toka est un jeune garçon, seize ans, dix-sept ans tout au plus. Il est surtout un personnage important de cette histoire. Son héros, peut-être bien. Nous allons tous nous enticher de lui. Quand nous verrons arriver Toka, grand et fin, lent et pourtant vif, nous serons happés de nouveau par ce récit, rembarqués dans le train des événements. Toka en vue, ce sera la promesse d'un peu de mouvement et peut-être même de péripéties. On sera fort tenté d'arracher les pages entre les apparitions de Toka. On y renoncera par crainte d'en rater une, une intervention discrète de Toka, car parfois il surgira pour disparaître, pour donner le spectacle de sa disparition en somme ; et parfois au contraire on croira l'avoir vu passer une tête, sa tête hilare, tout sourire, alors qu'il n'aura pas quitté sa natte.

Que l'on nous dise enfin ce qui rend si intéressant ce Toka et pourquoi il faudrait se fier à lui comme à Fabrice del Dongo – alors ? Mais quelle impatience ! On n'aime plus le roman tout à coup ? On veut la fin tout de suite ? Et quoi du délicieux supplice de l'attente ? Laisserons-nous le chien fidèle de l'auteur haleter seul dans ses jambes ? Toka se fait prier pour confier son secret. Oh ! comme nous l'adorons déjà ! Ses manières nous le rendent infiniment précieux. Puis il parle, et ce récit commence.

Voilà. Toka sait où sont les hippopotames, dans quelle courbe du fleuve ils sont présentement rassemblés. En amont ou en aval ? On a donc encore le goût du roman. Ce frisson ! Où sont les hippopotames ? Dès qu'il a appris l'arrivée d'Oreille rouge, Toka est venu lui offrir ses services, et quand celui-ci lui a dit qu'il rêvait de voir des hippopotames, Toka a promis d'organiser la rencontre et de le guider jusqu'à eux.

Car Toka sait où sont les hippopotames. Cela fait de lui quelqu'un. Quelqu'un que l'on a aussitôt envie de suivre et certainement plus encore que Fabrice del Dongo ou Julien Sorel qui seraient bien en peine de nous montrer un hippopotame – or qu'est-ce qu'un héros duquel on ne peut exiger au moins cela ? Demain s'il le souhaite, Toka conduira Oreille rouge jusqu'aux hippopotames.

Le jour, tous les Blancs se ressemblent. *Tulo bilennew*, petites oreilles rouges, c'est ainsi qu'on les appelle parfois ici en se moquant un peu.

Cependant, l'écrivain qui nous occupe a aussi le nez qui s'enflamme.

Il fuit ses compatriotes. Il les réprouve. Il se désolidarise. Il est d'ici, lui, maintenant, de ce pays. Son albinisme ne doit pas nous induire en erreur. Les touristes l'indisposent avec leurs gros sabots. Il va pieds nus. Métaphoriquement, il va pieds nus, car il y a tout de même l'inquiétant grouillement des vipères et des scorpions dans la brousse.

Mais le cœur y est.

Il se désolidarise, malgré quoi il se dit enchanté en saluant la vieille fille grincheuse et revêche qui prend pension pour deux jours à la Résidence. Il sait maintenant quel bon jour en effet on fait ici d'un bonjour, mais il sacrifie toujours par réflexe à l'hypocrisie des politesses françaises – enchanté, dit le prince à la sorcière. Plus que vous ne croyez, répond-elle à ce répugnant crapaud. À la Résidence séjourne encore un autre de ses compatriotes, lequel a contracté le palu dix ans plus tôt en Côte d'Ivoire. L'homme a régulièrement des crises et semble en concevoir une inexplicable fierté. Sotte vantardise, quel crétin !

Du reste, Oreille rouge le jalouse un peu.

Parfois, au contraire, il pactise lâchement avec ses compatriotes – ensemble, ils se scandalisent de telle pratique, de tel usage vraiment contestable, tout de même, on a beau avoir le plus grand respect pour les traditions locales.

Et quand il s'est un peu trop émerveillé devant ses hôtes flattés – Ô Niger ! –, Oreille rouge insidieusement ramène la conversation sur la neige.

Pour celui qui se tient la tête ou le ventre, pour celui qui se vide de son sang, il neige un grand hôpital de carrelage et de coton.

Il neige un gâteau de fine farine, d'œufs délicatement battus et de sucre glace pour celui qui sent poindre la faim.

Il neige une laiterie pour les enfants nés dans la nuit, entre la crémerie de la mère et la fromagerie du père.

Il neige des vêtements propres et neufs chaque matin et chacun y trouve une chemise à sa taille, de confortables bottes à sa pointure et un chapeau ajusté à son tour de tête.

Il neige de grandes lessives de draps étendus au soleil et des vaisselles de porcelaine lavées une fois pour toutes.

Il neige des maisonnettes individuelles recrépies et de solides demeures familiales en tuffeau.

Il neige des montagnes de distraction, des terrains de jeux, des pentes douces pour les glissades et des sapinières silencieuses pour les promenades.

Il neige des passeports vierges pour aller partout à sa guise et de longues pistes aux perspectives infinies pour les atterrissages.

Il neige la paperasserie numérotée et efficiente d'une administration rigoureuse.

Il neige des cheveux blancs pour nos chauves centenaires et d'inutiles linceuls pour leurs épouses immortelles.

Voilà ce qu'il raconte à ses hôtes ébahis. Oreille rouge est une sombre ordure.

Il est néanmoins toujours d'accord pour tomber à bras raccourcis sur la France. Ailleurs, c'est ici – il y est. Oh ! Comme c'est beau ! Je passerais volontiers le restant de mes jours dans un de vos jolis petits greniers à mil ! s'écrie-t-il. C'est-à-dire qu'il y tiendrait une heure, puis ferait jouer son assurance rapatriement. Il circule parmi les étals avec l'air faussement préoccupé d'un qui vaque à de très importantes affaires pour cacher son malaise. La viande et le poisson sont frais pourtant : ils bourdonnent encore. Oreille rouge jaunissant presse le pas mais son nez ne saurait être aussi distrait que son œil qui se détourne et devient blanc. C'est ainsi qu'il visite le marché dont il vantera le soir même dans ses lettres la joyeuse animation.

Et les couleurs éclatantes. Je vais t'apprendre l'Afrique, dit-il à sa compagne qui l'a rejoint.

Allongé sur une natte aux côtés d'Hattaye, son hôte touareg, il fait mine de s'assoupir quelques minutes, puis, quand il estime que sa petite comédie a assez duré, il cligne des yeux, sourit béatement et dit encore en s'étirant : « Eh bien, moi, je passerais bien ma vie sur cette natte ! » On le présente au chef du village, nonagénaire rachitique assis dans un gros fauteuil pelucheux de couleur orange, qui lui récite d'un trait *Mon père, ce héros au sourire si doux*. C'est émouvant. Il se maudit de trouver cette scène risible et grotesque. Le sang de la honte monte à son front, pont suspendu entre les oreilles rouges.

Quel raseur, ce griot, pense-t-il encore, un autre jour, feignant le plus vif intérêt, opinant à tout ce que dit le colosse jovial qui lui retrace la généalogie des habitants du village et qui mourra le soir même, d'un coup, au milieu d'une partie de cartes.

On attire Oreille rouge sur la piste de danse. Il imite les pas à contretemps, gauchement, tous ses gestes trop près du corps : décidément, il ressemble à son couteau suisse – fines lames repliées entre les oreilles rouges.

Vers la fin de son séjour, il laisse sa main longtemps dans la main de ses hôtes tout en parlant et cheminant. C'est ainsi que se tiennent les bons amis au Mali. Mais de son côté, une certaine gêne persiste.

Toka et Oreille rouge marchent le long du fleuve. Toka est intarissable sur l'hippopotame qui se laisse volontiers engloutir par ce flot de paroles. C'est un excellent nageur, il peut rester cinq minutes en apnée. Alors ses narines sont closes et ses oreilles rabattues ne sont pas inondées non plus. La grande capacité de ses poumons lui permet de flotter sans effort et, même endormi, il s'immerge puis remonte respirer à la surface naturellement. Je passe des heures à l'observer, caché derrière les hautes herbes, dit Toka. D'après mes estimations, l'hippopotame peut peser jusqu'à quatre tonnes et mesurer cinq mètres de long avec une hauteur maximale au garrot d'un mètre cinquante. Seule parmi les créatures la baleine ouvre plus grand la bouche. J'évalue à sept kilos le poids d'ivoire que l'on retire de sa mâchoire, sept kilos de rohart plus exactement, lequel, ajouté à la qualité de son cuir dont on fait d'invincibles rondaches, excite la convoitise des braconniers, vous vous en doutez bien. Ses incisives sont plantées presque horizontalement tandis que ses canines inférieures et supérieures s'aiguisent entre elles et deviennent ainsi des armes redoutables, les seules peut-être à pouvoir percer le cuir des rondaches susdites, comme en témoignent les blessures que les mâles rivaux s'infligent mutuellement.

Tu en apprends des choses derrière les hautes herbes, Toka.

C'est aussi que je ne les quitte pas des yeux.

Marchons, veux-tu, Toka.

Car Toka en parlant a tendance à ralentir le pas. Il fauche des têtes mortes de graminacées avec son bâton. Souvent, il s'arrête pour mieux exposer son savoir. Oreille rouge impatient le presse. Ce n'est plus très loin, d'après ce que le garçon disait tout à l'heure.

Oh ! nous ne les verrons certainement pas aujourd'hui. C'était une première approche. La nuit vient. Retournons. Je vous y conduirai un autre jour.

L'homme blanc découvre un monde où l'individualisme est un vain mot ; en même temps, sa condition de Blanc au milieu des Noirs met en vedette comme jamais son individu, pontifie Oreille rouge dans ses lettres. Je ne suis pas soluble dans le groupe. N'est-il pas pourtant, Blanc en Afrique, comme neige au soleil ? Il éponge les gouttes sur son front avec un pan de sa chemise.

Or il a toujours un peu de mal à concevoir que s'il était plutôt un petit Noir en tongs portant sur sa tête un seau de plastique jaune à larges rayures vertes, il passerait inaperçu.

Il sait dire bonjour le matin, à midi, après midi, bonne nuit, au revoir, en bambara, il sait dire merci, soleil, argent – quelle pitié ! C'est un enfant, il commence à peine à parler, et déjà on le lâche en Afrique ! Oreille rouge rend leur salut à tous les passants. Il harcèle les gamins avec ses crayons, ses ballons. Il répond lui aussi en agitant le bras aux joyeux moulinets de cette fillette qui, à mieux y regarder, secoue sa salade.

Jusqu'au jour de son départ, on lui souhaite la bienvenue.

Assis à la table basse d'un restaurant de rue, Oreille rouge remarque dans le mur badigeonné de peinture verte devant lui deux petites ouvertures triangulaires donnant sur une pièce sombre. Légèrement au-dessous d'elles, un sac de plastique noir suspendu à un clou par les poignées affecte exactement la même forme en relief. Il s'amuse de l'étonnante coïncidence et tente d'attirer sur elle l'attention des dîneurs. Les têtes docilement se tournent vers le mur mais nul ne comprend ce qu'il essaie de dire. Il se lève donc, il montre la similitude fortuite et tout à fait surprenante de ces formes, sans se départir de son sourire. Alors on lui explique avec indulgence que le sachet a cet aspect parce qu'un objet lourd et large pèse au fond. Personne ne paraît seulement voir ou percevoir cette remarquable analogie.

Comment est-ce possible ?

Il croit que cet homme chante pour lui et il lui sourit niaisement tandis que l'autre hausse encore la voix et gesticule puis s'interrompt soudain en voyant que, rien à faire, l'étranger ne répondra pas à sa question. Mais il part sous les applaudissements. Plus tard, un mendiant lui tend la main. Comme les gens sont aimables ici, se dit Oreille rouge. Et la lui serre chaleureusement. Il gonfle maintenant un ballon rose et le tend à un enfant qui cependant recule. C'est par derrière un zébu qui charge. Il offre les foulards beiges et marrons qu'il a apportés à des femmes ceintes de pagnes éblouissants.

Mode française, dit-il.

En allongeant le bras pour donner une pièce à un vieil aveugle par la fenêtre de la voiture, Oreille rouge frappe malencontreusement sa compagne au visage. Tu pourrais faire attention, lui dit-elle.

Comme elle est encore loin de l'Afrique ! Toutes ces précautions sont bien d'une Occidentale, tandis que lui, il fait quelques efforts – qu'on en juge : le directeur de la Résidence qu'il avait toujours vu vêtu d'un boubou est habillé à l'européenne, ce matin. Le Mali ne m'est plus si étranger, constate Oreille rouge avec satisfaction, je m'adapte. Un soir, pourtant, il se fait huer par un groupe d'enfants qui le suit dans la rue et crie des insultes en français, parmi les rires. Il va regagner la Résidence et déchirer son poème sur l'Afrique.

(Ah ? C'est donc pour cela que nous ne l'avons pas ?)

Quelquefois, Oreille rouge s'adresse directement à l'Afrique.

Afrique, dit-il. Et l'on croit que c'est enfin son chant qui commence.

Afrique, Afrique. Comme il empoigne son sujet ! Comme il le nomme !

Il y a là un rythme qui s'ébauche, entendez-vous, dans le redoublement de l'apostrophe : Afrique ! Afrique !

Afrique, dit-il encore, et son bras s'écarte de son corps, sa main s'ouvre.

La voix est sûre, forte, les syllabes magnifiques claquent de nouveau : Afrique !

Et le chant va déferler comme l'océan, comme la horde des gnous, ample, majestueux, sonore.

Afrique ! Quelle ouverture ! Quel départ ! Le regard d'Oreille rouge fixe l'horizon. Tout son corps tendu tressaille.

Afrique, dit-il encore.

Afrique ! Viens dans mon poème !

C'est la moustiquaire ou le ventilateur. Dans sa chambre, la moustiquaire et le ventilateur sont aux prises. Le ventilateur a ouvert les hostilités. Il est sur elle, brutal, obscène, il l'empoigne, l'étreint, l'étrangle, la soulève, écarte ses voiles pudiques en soufflant comme une bête. Il a donc des mains au bout de ses bras courts. D'abord, la moustiquaire se laisse faire : trousser, violer – n'est-elle pas la mariée française en voyage de noces ? Elle se résigne à son sort. Sa mère l'avait prévenue. Elle lui a dit qu'il faudrait en passer par là. Comment faire autrement, d'ailleurs, et quel argument va opposer le tulle au vent qui emporte la tuile ? Voici la moustiquaire sens dessus dessous et déjà le loustic lorgne ses cuisses offertes.

À ce moment-là, tout change.

Car la moustiquaire a repéré le gros insecte qui bourdonne au plafond. Elle a reçu une solide formation et sait reconnaître ses ennemis. Pourquoi rester là immobile à les attendre ? Puisque maintenant elle vole, elle va se mettre en chasse. Ça ne traîne pas. Voici le ventilateur pris dans son filet. Il n'a rien vu venir. Maintenant la moustiquaire s'entortille autour des pales du ventilateur qui se bloque, proprement ficelé et bâillonné. Un moteur peut donc aussi gronder de rage.

C'est la moustiquaire ou le ventilateur. Ou bien ce ne sera ni l'un ni l'autre.

Mais Oreille rouge ne veut renoncer ni à la rapide hélice qui le ramène dès qu'il le souhaite dans son pays tempéré (où lézard et limace sur leur seuil mitoyen échangent des banalités météorologiques du matin au soir), ni à la moustiquaire qui jusqu'à présent l'a protégé efficacement, sinon contre les raids furtifs et imparables du moustique, du moins contre les charges furieuses et autrement contondantes de l'hippopotame, or qui eût cru cela de ce léger écran de gaze ? Voici donc contre quoi le rhinocéros se casse le nez et pourquoi nous lui voyons si souvent une corne ébréchée.

Il n'a même pas réveillé notre dormeur.

Mais on ne se débarrasse pas si facilement de l'horripilant anophèle. Oreille rouge se gratte les flancs comme une vache. Il pense avec envie aux bienheureux qui en ce moment même, loin des térébrants essaims, reçoivent sur le dos une seule panthère. Mais qui osera lui dire, au risque d'entamer sa belle confiance dans les mots (sur quoi s'érige son existence), que l'on n'use pas d'une moustiquaire comme d'une volière ? Trop tard – son cadavre exsangue va maintenant attirer les mouches. Seules les oreilles ont encore un peu de couleur.

Dans ce pays de rituels sanglants, le moustique venge le mouton. Au matin, on met à sécher sur la terrasse de la Résidence la peau ruisselante d'Oreille rouge.

Pourtant, il inspecte sa chambre chaque soir, et chaque soir s'énerve contre la même petite tache sur le mur qu'il prend pour un moustique. Il a repéré celui-ci de loin, brun sur le mur blanc. Avec lenteur et précaution, il s'en approche et lève sa main chaussée d'une espadrille pour écraser l'insecte, chaque soir il frappe la même petite tache noire sur le mur. Les empreintes de ses semelles le prouvent : il a aussi arpenté le plafond. On a mis une chambre à sa disposition. Il est chez lui.

Chaque soir, il fait à grands pas le tour du propriétaire.

Il lui suffit parfois de frapper dans ses mains pour se faire bien comprendre du moustique. Puis, ne sachant comment se débarrasser du petit déchet humide, il frotte ses paumes entre elles vigoureusement jusqu'à disparition totale de l'insecte. On a beau savoir quel danger pour l'homme représente ici le moustique, celui-ci ne tourmente jamais aussi rudement celui-là. Dorénavant, pour chaque piqûre, douze d'entre vous périront de mort violente, rugit Oreille rouge. Que ça se sache !

Et il ouvre grand sa fenêtre et laisse partir une grosse femelle qui va répandre la nouvelle.

La chasse est finie. Maintenant Oreille rouge fait sa lessive dans le bidet de son cabinet de toilette en écoutant des chants africains à la radio et en effet il presse et tord et frappe sa chemise bouchonnée dans l'eau mousseuse comme s'il était parmi les femmes qu'il a vues ce matin au travail sur les pierres plates du fleuve. C'est cela aussi vivre en Afrique.

Le lendemain soir, il se lave tout habillé et se frictionne sous la douche avec de la lessive.

Couché, il entend dans la nuit le braiment pittoresque des ânes. C'est l'Afrique éternelle. Et le songe peut s'envoler. Au vingt-troisième jour, toutefois, il s'avise que ce braiment – plainte nocturne de l'Afrique harassée par les travaux du jour, chant fêlé, poignant, qui parfois dans son lit lui tirait des larmes – provient en réalité de la plomberie défaillante. Dès lors, il s'agira plutôt de trouver le sommeil malgré le bruit et l'impatience. À 5 h 45, l'appel à la prière interrompt le cours de ses rêves. Oreille rouge se dresse, se tend. C'est beau dans le silence, puis, dès la troisième nuit, non moins pénible qu'une cloche. Cependant, juché sur une palissade derrière la Résidence et s'égosillant, qui le réveille finalement pour de bon ?

Encore et toujours cet abruti d'ancêtre gaulois.

Voici comme se réalisent les rêves d'enfant et quel est le crocodile qu'Oreille rouge dans ses jeunes années redouta tous les soirs de découvrir sous son lit : en se couchant tout à l'heure il a trouvé un petit margouillat dans ses draps. Mais, dans sa chambre en Afrique, Oreille rouge ne se livre pas seulement à des vérifications. Il se laisse envahir et posséder par le génie du lieu. Il est venu ici pour éprouver le vieil homme. Il faut le croire quand il se dit prêt pour toutes les métamorphoses.

Au matin, on met à sécher sur la terrasse de la Résidence la peau sanglante du vieil homme.

Il change, en effet. Lui qui a toujours haï les mouches, il aime dans sa chambre le bourdonnement énervant de celle-ci parce qu'elle n'est pas une abeille tueuse. Il regarde les cloques se former sur ses mollets et sur ses cuisses. Seuls piquent les moustiques femelles, paraît-il. Ce serait un moindre mal mais il semble bien n'y avoir qu'un seul mâle reproducteur pour toute l'espèce, constate Mollet rouge. D'une main, il se gratte, de l'autre, il se gifle.

Plutôt quelques moustiques que l'araignée qui va

venir, dit-il pour conclure en se débattant dans les plis de sa moustiquaire effondrée.

CITATION À COMPARAÎTRE

On te remarque de loin. Il me semblait déjà te voir depuis la France. Tu te détachais sur le ciel, à l'horizon.

Ou n'étais-tu qu'une fumée rousse ?

J'arrive : plus personne.

Tu m'apparaissais pourtant glorieuse, en assomption : au bout de ce long cou, ta tête, sortie du lot. Trompette séparant les brouillards.

Un triomphe.

Tes pattes dont on ne soupçonnait pas la force t'avaient hissée déjà au-dessus du grand nombre. Immense, énorme, contenue pourtant tout entière et prédécoupée dans les petits réticules peints sur tes flancs.

J'arrive : plus personne. Où est passée Madame ? Où en est l'enquête ? A-t-on interrogé sa cariste ?

Pas un nuage cependant où te cacher.

On fait la fière de loin, donc, on est la grue dans la plaine où tout reste à bâtir, on est la harpiste patiente qui attend que se taisent les perruches et les singes criards, mais si quelqu'un s'approche, on flanche, on se tasse, on se lézarde, on s'effrite, n'existe plus.

Ou bien alors, courant en tout sens pour te trouver, je suis sous toi, et l'Afrique tient entre tes quatre pattes. Il faut quitter son sol pour te voir ou n'y jamais venir.

Je suis tout prêt à croire que tu n'as ni sœur ni mari et qu'il n'y en a pas deux comme toi. Cela ne me dit pas où tu es. J'aimerais te murmurer à l'oreille certaines choses que je n'oserais écrire. Viens. Descends. Laisse-toi glisser jusqu'à moi sur la rampe de ton cou, tu seras plus vite en bas.

Mais je parle dans le vide. Mes paroles se perdent dans l'azur. Que faites-vous là-haut, Dieu et toi ? N'avez-vous donc aucune pitié ?

Oh ! cette façon que tu as de t'abstraire ! Colossale et, cependant, du bout de tes pattes grêles, sur la pointe de tes sabots étriqués, cet air de ne pas y toucher !

Je ne suis là pour personne, n'as-tu que ces mots à la bouche ? Et ta queue disperse indifféremment les mouches et les hommes. Mais la vie, c'est ici et maintenant, ma grande !

Redescends sur terre. Viens au moins faire un petit tour, jeter un œil, pour le dépaysement.

Comme il faut te prier !

Envoie-nous ton fils au moins. C'est ce qui s'est toujours pratiqué dans les au-delà.

Tu m'as attiré ici, en Afrique, auras-tu aussi l'aplomb de le nier ? Vas-tu prétendre maintenant que tes œillades pleines de cils ne m'étaient pas destinées et que le muscle souple de ta langue passait et repassait en toute innocence sur tes lèvres épaisses et molles ? Je viens aussi vite que je le peux. J'abandonne une femme à genoux, le visage baigné de pleurs, tordant ses mains. J'arrive : personne. Tu t'es moquée de moi. Tu as voulu m'humilier, me remettre à ma place : plus bas que terre, parmi les margouillats, rouge de honte et les yeux bouffis.

Mais je devais venir pour mesurer combien tu es hautaine, et renoncer à toi. On ne sent plus ta présence ici. Que ton dédain.

(Depuis plusieurs années, à chaque fois qu'Oreille rouge fait la connaissance d'un enfant, il lui demande de te dessiner. Il est rare que l'enfant refuse. Oreille rouge s'est ainsi constitué une collection très remarquable de tes portraits. À son tour, Lucille, quatre ans, s'attable gentiment devant une feuille blanche pour exécuter la commande. Ça ne dure pas deux minutes et déjà elle tend son dessin :

– J'ai fini. J'ai fait le cou.)

Savez-vous pourquoi la peau des hippopotames a parfois cette couleur rosâtre ? Nos pères croyaient que l'animal transpirait du sang. Mes observations démentent cette naïve interprétation. En réalité, ses glandes tubuleuses sous-cutanées sécrètent en permanence ce mucus brun-rouge, de fines gouttelettes qui forment en séchant un vernis protecteur contre les rayons ultraviolets, lequel prévient aussi la déshydratation. Des immersions régulières lui sont néanmoins nécessaires faute de quoi sa peau se craquelle, car si le derme de celle-ci est épais, son épiderme fin et lisse favorise une évaporation excessivement rapide de l'eau contenue dans son corps. Cette peau est nue, grise ou brune quand l'animal ne s'est pas attardé au soleil. On peut trouver quelques poils laineux clairsemés chez les jeunes mais les adultes n'ont plus que des soies courtes et épaisses, souvent frisées, sur le museau, les oreilles et la queue.

– Il doit falloir s'approcher très près de la bête pour les voir, Toka ?

– À moins d'un mètre ! Je n'en menais pas large !

Puis Toka semble réfléchir.

– J'ai oublié de dire que ce mucus dont je vous

parlais est également riche en substances alcalines et possède des propriétés antibiotiques grâce auxquelles les plaies reçues au combat ne s'infectent pas.

– Marchons plus vite, Toka, ou nous allons encore les rater. Ne m'avais-tu pas promis que nous les trouverions au-delà de ce rocher ? Nous y voilà. Où sont-ils ?

– Ils y étaient hier. Voyez leurs empreintes sur la rive.

Et certes, la rive a été piétinée et la boue remuée par ici. Oreille rouge distingue des traces de sabots très nettes.

– Mais je croyais que les hippopotames avaient quatre doigts courts à chaque patte ? N'est-ce pas ce que tu m'avais dit ?

– Ils ont dû se déplacer... Regardez, il n'y a plus rien à manger pour eux par ici. Je sais où ils sont. Il faudra traverser le fleuve. Nous irons.

L'esprit logique a beau se rebeller, tout ici échappe à son contrôle et rien ne pollue davantage que de fabriquer du savon avec du coton. Le fleuve est pris de vomissements. Comme poissons dans l'eau sont aussi les rats, flottant sur le dos. Il faut mâcher longuement avant d'avaler la fumée pour ne pas s'étouffer. Oreille rouge se demande si tout le travail effectué dans cette savonnerie voisine de la Résidence ne consisterait pas en réalité, contrairement aux objectifs de production affichés, à transporter dans le ciel sous forme de nuages les gros tas de coton gris bourru alignés contre les murs de l'usine. L'opération est un succès. On attend les pluies lessivantes.

Un nez produit en moyenne sept fois plus de morve au Mali qu'en Norvège.

Voici comme on circule dans la capitale, Bamako, en file indienne, un masque rudimentaire sur le visage ; au cul, un pot d'échappement qui crache une fumée noire suffocante. Il faudra s'équiper d'un chalumeau bientôt pour découper les feuilles saturées de plomb des salades magnifiques qui poussent dans ses faubourgs : elles briseront quelques mâchoires fragilisées déjà par le défaut d'alimentation carnée avant de se vendre à l'exportation comme motifs ornementaux pour les grilles de nos portails et de nos balcons. Ce sont les voitures que conduisait son père qui roulent ici. Oreille rouge retombe en enfance. Ainsi il a vécu en Afrique autrefois. Trente années ont passé durant lesquelles se sont continûment amplifiées les pétarades. La rouille n'aura bientôt plus rien à ronger.

Puis elle repérera les salades.

Faut-il que le pays tout entier soit pris d'une grande paresse dont ce délabrement serait la conséquence ? Et pourtant, c'est l'effort constant sous le soleil, des kilomètres à vélo sur des pistes chaotiques – on ne peut éviter tous les trous : on choisit son trou, dit Toka –, la mise en forme des briques de banco du rempart qui doit donner de l'ombre à tout un peuple, le pelletage infini du sable s'écoulant entre les planches disjointes des carrioles, l'interminable lessive prolongeant l'interminable vaisselle, le bras répétant le même geste infatigablement pour piler ou pomper, et il faut encore pousser sur la perche qui propulse la pirogue. Le soir, dans sa chambre, Oreille rouge fait rouler des cris dans sa gorge. Il vocalise, il cherche l'émotion, tantôt rugit, tantôt geint.

À son retour, il va alerter l'Occident sur la situation de l'Afrique.

bom bom bom

Entendez-vous le joyeux balafon ? Ce sont les

coups de trique sur la croupe des ânes, l'autre tam-tam de l'Afrique. La peau crève et ça sonne toujours : vous n'obtiendrez jamais cela d'un tambour. La mouche pond dans la plaie et ça sonne toujours – quel instrument ! Mais Oreille rouge lui-même frapperait son âne s'il devait toute la journée charrier du sable.

Il frapperait Dieu aussi, qui pourrait braire.

Que fais-tu là, immobile comme le cheval de bronze de Napoléon ? Faut-il que je coiffe un tricorne pour que tu consentes à bouger ? Hue donc ! Allons envahir la bananeraie, puis nous la pillerons. Et notre deuxième campagne nous rendra maîtres de tout le sable extrait de la sablière depuis ce matin.

Les bonnes âmes diront que je te maltraite, mais ta peau crève et se déchire comme le cuir des fauteuils à force de rêvasseries improductives.

Entre l'os et le bâton, impressionné par l'un et par l'autre, il y a le film sensible de ton être, corps et âme.

Il va pourtant falloir que je trouve à employer tes oreilles et ta queue qui me sont à charge et ne rapportent rien.

Soudain, je suis troublé : quelle est cette inconnue charmeuse qui me regarde à travers ses cils longs et soyeux ? Compliments. La cachette est fameuse. Or tu en as une autre meilleure encore. Ton pelage gris et ras, quand tu l'appelles flanelle, on te confie un ministère.

À chaque fois pourtant je t'y débusque.

Il se peut que je te donne du travail pour deux, mais chacun de tes profils n'est-il pas un âne à part entière ? N'y a-t-il pas deux voix discordantes dans ton braiment ?

Avançons un peu, veux-tu, ou nous ne verrons jamais le terme de l'ouvrage. Le pays est vaste. Voici mon bâton, et quant à la carotte, c'est encore un bâton qui t'attend si nous tardons trop.

Comme tu es malin, et comme ta réputation est injuste ! Tu trottes et ton cœur pour me tromper imite le bruit d'un galop.

Hue donc ! Va !

Et quand tu auras bien fait le cheval, tu devras encore faire le zèbre avec la seule rayure noire de ton encolure.

....

Tu m'as épuisé, camarade. Arrêtons-là pour aujourd'hui.

(Le travail abattu, j'éponge mon front, puis je

plante ma machette, ma hachette et ma serpette dans le corps de bois de mon âne où je les retrouverai demain, prêtes à l'emploi.)

Les automobilistes marchent derrière leurs voitures et les cyclistes à côté de leurs vélos. On pousse. Sans pédales, sans freins, sans selle, c'est ici la parfaite définition de la bicyclette. L'Afrique tient avec trois bouts de ficelle dont un élastique, et dix points de soudure. Avec cinq chambres à air découpées, recollées, on en a bientôt une qui se gonfle. Avec une pelote de fil à linge, on tresse le siège et le dossier de douze chaises de fer. Le linge sèchera sur les pierres.

Et l'électricité ne s'aventure pas où la nuit est trop noire.

Oreille rouge caresse son couteau suisse dans sa poche. Douze lames et un cure-dents : la plus belle patte de hyène de toute l'Afrique. Ce petit objet plein et lisse, multifonction, ingénieusement conditionné, ultra performant, miniature d'usine avec cantine, est pourtant bien peu africain. Oreille rouge doit convenir qu'il tient là son fétiche personnel. Outil réactif, toujours opportun – à chaque problème sa solution, à chaque question sa réponse, immanquablement le bon réflexe –, c'est une main omnipotente, ambidextre, un peu raide pour le piano mais non dépourvue de tact cependant : voyez-la manier la pomme.

Tandis qu'avec le coupe-coupe, vous ne tranchez que des tiges et des têtes.

Qu'il le veuille ou non, Oreille rouge appartient à la civilisation minutieuse et maniaque du couteau suisse. Il est du côté de l'organisation, de l'ordre, du rangement, de la ponctualité, de l'efficacité, du rendement. Il déploie et agite doucement devant son visage préoccupé un éventail de douze lames. Ô Helvétie ! Mais c'est l'Africain qui inventera les douze prochains usages du couteau suisse, c'est l'Africain qui en fera une hélice ou un moulin.

Un enfant minuscule aux pieds nus dirige avec un bâton court un troupeau formidable sur la piste qui longe le fleuve. Au Far West, il y faudrait vingt-trois cow-boys.

Il va mordre dans l'Afrique. L'Afrique va chanter et danser dans son poème, elle n'aura jamais connu cette transe. Muette était l'Afrique. L'Afrique attendait son poète. Vint Oreille rouge, enfin. Il va initier l'Afrique à la magie. L'Afrique va rugir et barrir pour la première fois dans son poème. Lorsque l'Européen pose le pied sur le sol africain, il est d'abord désemparé. L'appareil des cinq sens en surchauffe se détraque : est-ce beau, est-ce laid ? est-ce infect ou savoureux ? parfums ou miasmes ? On ne sait pas. Tel sera mon livre, décide Oreille rouge, on ne saura pas. On ne pourra pas se prononcer.

Point d'empathie sans un minimum de toupet, n'est-ce pas ?

Il veut donc être poreux. L'Afrique va le sentir passer. De son côté, il promet de demeurer à l'écoute. Il serre des mains. Il goûte les spécialités locales avec des moues appréciatives et des hochements de tête insistants. N'ayez aucune crainte, il n'imposera rien. Il est bien entendu qu'il s'agit d'un échange. Son écriture va être grandement modifiée, remuée par l'Afrique, comment en douterait-il ? Déjà des insectes inconnus se posent sur sa page. Oreille rouge va comme le mouton, tête basse. Il broute tout ce qu'il rencontre sur le sol d'Afrique. De même que s'entassent dans nos musées les trésors de l'art africain et des fétiches qui n'ont peut-être pas jeté leur dernier sort, il s'empare de tout ce qu'il voit, qui va finir dans le grand poème : on saura désormais où se trouve le Mali.

Dans son livre.

Oreille rouge prend le kapokier et le banco et la pirogue. Il prend le balafon et le bogolan. Il prend l'ordure et l'excrément et la carie dentaire. Il prend trois boucles du Niger et douze arpents de savane. Il attrape même un margouillat. Puis le relâche car l'animal gigote comme le diable. Il prend l'arachide avec l'avidité d'un singe. Ce sont des mots pour son grand poème sur l'Afrique. Mais il ignore le nom de ce bel oiseau bleu à longue queue et se lamente de ne pouvoir rien en faire, rêvant subséquemment de le voir bâtir son nid dans la fourche de son lance-pierres. Oreille rouge a parfois aussi la tentation d'inventer. Rien n'est impossible en Afrique. À Ségou, il entre dans la Librairie-Papeterie-Quincaillerie Hamady Coulibaly et il y trouve en effet du fil de toutes les couleurs et des boutons.

Tel sera mon livre, décide Oreille rouge en quittant la boutique.

Quelquefois, Oreille rouge défie l'Afrique.

Afrique, dit-il, et si aucun mot ne suit ce n'est certes pas qu'il n'en connaît pas de nombreux, et des splendides !

Mais l'Afrique semble-t-il préfère rester vêtue de ses boubous et de ses pagnes, elle ne relève pas son défi. Elle se dérobe. Elle irait nue plutôt que de se laisser entretenir dans le luxe captieux de ses phrases. Elle n'en est pas encore à se donner pour quelques flatteries empruntées au lexique des littératures précieuses.

Afrique, Afrique, dit-il encore. À croire qu'il la baptise ainsi parce que tel est son bon plaisir et tel est son pouvoir qu'il la crée en la nommant.

Que l'Afrique soit !

Et, de fait, on ne saurait nier que le pays qui s'étend alentour ne pourrait être mieux nommé.

Oreille rouge nous inspire soudain une considération nouvelle, et même un religieux respect.

On voudrait l'entendre dire Norvège, scander ainsi Norvège ! Norvège !

Voir si ça marche.

Aujourd'hui, il a un petit air satisfait qui ne trompe pas : c'est l'expression parfaite de la fatuité : il a trouvé les premiers mots de son grand poème sur l'Afrique. Qui ne sera pas un poème sur l'Afrique, rectifie-t-il, mais qui contiendra l'Afrique : le poème de l'Afrique, serait-il plus juste de dire. L'Afrique était sans voix, sans musique. Désormais, il suffira de lire son poème pour voir et pour entendre l'Afrique. L'Afrique sera debout dans son poème, relevée. Dans les veines de ce garçon passif, défaillant, pusillanime, coule le sang neuf de l'Afrique. Le baobab lui réclame de la sève.

Oreille rouge nourrit néanmoins quelques scrupules : Arthur Rimbaud – sur les pas duquel il s'aventure décidément fort loin – n'écrivait plus en Afrique. C'est ici pourtant, et pour la première fois quant à lui, qu'il voit très franchement des mosquées à la place des usines.

Imaginez un deuxième Arc de Triomphe à l'autre extrémité des Champs Élysées, place de la Concorde, au petit matin, avec une musique d'ambiance idoine, leur duel sans merci, et lequel dégaine le premier, et lequel reste sur le carreau. Car Oreille rouge refuse de se laisser dévorer complètement par l'Afrique. Il lui arrive de penser à autre chose entre deux piqûres de moustique. Sur son petit carnet noir, on trouvera des notes sans rapport avec le Mali. Oreille rouge veut bien faire un geste en faveur de ce pays – son poème ameublira les sols et engraissera les moutons –, mais il ne renoncera à aucun prix au monde plus vaste qu'il porte en lui.

Les bonshommes de neige font les meilleures soupes de carotte. Ils n'ont besoin que d'un peu de soleil.

Travailler mon revers. Qu'il soit comme un geste d'orateur accompagnant une parole mémorable.

Sous Louis XIV, coule la Seine.

Lit-on aussi dans le petit carnet noir. Des pages entières sont remplies de ces considérations. On se croirait déjà de retour. C'est l'hiver dans la ville grise. On s'emmitoufle. Un enfant a perdu ses moufles. Mais que va-t-on bien pouvoir faire de ce rimailleur ? se lamente sa mère.

Oreille rouge est un individu d'une quarantaine d'années, âge auquel meurt également le vieil hippopotame qui comme lui aussi rosit au soleil. Allons, il n'est donc pas le seul inadapté en Afrique. C'est vers son animal totem que le conduit Toka, poussant sur sa perche, manœuvrant la fine pirogue sans cesser de parler. Nous devons gagner une anse du fleuve où l'eau est plus profonde car l'hippopotame préfère rester tout le jour immergé. Seuls affleurent à la surface ses yeux, ses narines et ses oreilles qui forment à cet effet de petits reliefs sur sa grosse tête lisse. Toka le loquace se tait soudain, semble hésiter, puis reprend son exposé. L'hippopotame est exclusivement végétarien. Il mâchonne dans la journée les plantes aquatiques à sa portée mais il se nourrit vraiment à la nuit tombée, parcourant jusqu'à cinq kilomètres dans les terres pour assouvir sa faim énorme. Il ingurgite facilement quarante kilos d'herbe et de graminées et cause parfois des dégâts importants dans les plantations. Les raids nocturnes du troupeau créent des chemins de terre aussi larges que des routes entre le fleuve et les pâturages avec toute une arborescence de petits sentiers individuels, voyez. Ces voies sont ensuite empruntées par d'autres animaux qui savent qu'au bout ils trouveront à boire. Toka a sorti sa perche de l'eau et désigne un chemin, en effet, sur lequel tout à coup apparaît un homme porteur de deux arrosoirs.

Allons-nous bientôt les voir, tes hippopotames ?

Une autre fois, dit Toka en faisant adroitement

pivoter la pirogue à contre-courant. Aujourd'hui, je voulais surtout vous montrer leur habitat. Il est temps de rentrer. Je dois m'occuper de mes frères.

Maintenant, Oreille rouge sait le pourquoi du désert. Phénomène assez incompréhensible en vérité quand on en ignore la cause et l'enjeu.

Tout ce sable ne s'est étalé ainsi que dans le dessein et l'espoir de recueillir un jour la trace du pied de Roukiatou. Sinon effectivement pourquoi ne pas rester en tas ?

Mal vu, cependant, car la jeune fille touareg n'aime pas la marche. Rouki préfère lire et tous les livres de la bibliothèque du village, pauvre et confuse, sont passés entre ses mains.

Voici la meilleure amie d'Oreille rouge en Afrique : une jeune fille nomade qui s'est arrêtée pour lui sourire plutôt que d'aller à Tombouctou.

Elle s'est assise sur la terrasse de la bibliothèque, dans un fauteuil de ficelle, plutôt que d'aller à Tombouctou.

Le vent pousse le sable sous ses pieds : elle s'assoit en tailleur sur le fauteuil de ficelle. Le vent pourrait bien transporter Tombouctou puis déposer Tombouctou devant elle, Roukiatou n'y mettra pas les pieds. Roukiatou converse avec Oreille rouge et cela vaut mieux pour elle que Tombouctou.

Oreille rouge plutôt que Tombouctou. Et c'est pour lui comme s'il entrait en triomphateur dans Tombouctou, la ville des sables.

L'écrivain n'a étalé tous ces mots que pour émouvoir et amuser Roukiatou.

Il n'y a de littérature que pour émouvoir et amuser Roukiatou.

Mais quelle littérature saurait retenir Roukiatou, ne serait-ce que la trace fine du pied de Roukiatou ?

Oreille rouge noircit des pages : c'est mal s'y prendre.

La stratégie du sable lui semble soudain moins absurde. Il y a là des pistes à creuser, certainement.

S'il dit pourtant de Roukiatou qu'elle est la fille d'Hattaye et la sœur de Mimi et la cousine de Zeïna et de Ziniba, n'en dit-il pas déjà plus que le sable ne saurait dire ?

La capture de Roukiatou devient la condition *sine qua non* de son grand poème sur l'Afrique.

Est-ce avec des adjectifs qualificatifs qu'il va réussir cela ? Il y aurait depuis longtemps dans ses livres des coatis et des lutins s'il avait cette science des pièges.

Oreille rouge songe plutôt à retourner sur la jeune Touareg son fauteuil de ficelle.

Au lieu de quoi, il dédicace ses livres pour Roukiatou. Il a honte qu'ils ne soient pas de plus simples choses. Puis il regarde les tresses de ses petites amies et il convient qu'il peut être passionnant d'entortiller un peu les simples choses. Tant se cogne mon poisson rouge à la paroi de son bocal que je l'ai appelé Confiture, note-t-il encore dans le carnet noir, plus ou moins hors de propos.

– Et votre poème sur l'Afrique, quand le lira-t-on ?

– Comment ose-t-on me réveiller quand j'écris ? proteste l'écrivain dérangé.

Il songe déjà à des titres pour son livre. Le petit carnet de moleskine noire n'est rempli que de ça : *Moustiquaire*, *Oreille rouge*, *Maïga*, *Drôle d'effet dans le paysage*, *Éric en Afrique*, *Mogoto*, *Fuis devant l'impossible*, *Saint-Usage*, *L'hiver en Norvège*... Il va falloir choisir. Puis écrire le grand poème sur l'Afrique. Tandis que Yaya, le conteur, est un brave. Il va toujours au bout des histoires qu'il commence. *N'ya soro yoro min, n'ya bila yèn*, ajoute-t-il rituellement à la fin de son récit : je le dépose où je l'ai pris.

Voici ce soir ce qu'il raconte.

Banta était le chasseur le plus redoutable de la savane. Tout animal qui passait à portée de sa lance pouvait se considérer comme mort, dépouillé et rôti. Sa peau était tendue déjà sur le tambour qui annonçait son trépas. Et déjà ses ossements blanchissaient au soleil. Banta faisait fi de l'ancienne croyance selon laquelle l'homme qui tue une femelle gravide ou accompagnée de son petit périra lui-même sans descendance. D'ailleurs, Banta était père de trois enfants vifs et rieurs. Chaque soir, il rentrait chez lui chargé de gibier, portant autour de son cou des renards et des écureuils noués par la queue, dans les sacs attachés à sa ceinture des lièvres et des pigeons, et tirant par les pattes un zèbre ou une antilope. Il tuait plus que lui et les siens ne pouvaient manger, par goût du sang et du meurtre, pour le seul plaisir de tuer. Banta aimait aussi à se vanter et nul n'aurait pu le faire taire lorsqu'il se lançait dans le récit de ses carnages.

Aujourd'hui, les animaux de la brousse se réunissent sous un manguier pour tenir conseil. Il est urgent de réagir et de mettre hors d'état de nuire cet exter-

minateur avant que tous ne succombent, frappés par sa lance ou étranglés par ses collets.

Mais qui osera affronter Banta le chasseur ?

Le lion baisse la tête, très intéressé tout à coup par une fourmi qui passe entre ses pattes et comme si l'entomologie devait être enrichie par ses observations. Le rhinocéros a justement affaire ailleurs, un rendez-vous de la plus haute importance pour sa carrière de rhinocéros, et l'éléphant se sent bien faible.

Il n'est pas le seul malade. Moi aussi j'ai dû attraper froid, dit le serpent.

Quant au charognard, il aura sans doute mangé de la viande encore fraîche.

En somme, nul n'est assez fou pour défier Banta le chasseur. Le carnage va continuer. Le sang des animaux de la savane coulera jusqu'à la dernière goutte.

C'est alors qu'une toute petite tortue se porte volontaire. Elle demande seulement aux autres animaux de rester cachés le lendemain, de ne quitter sous aucun prétexte leurs gîtes, leurs terriers, leurs tanières.

Banta bat les buissons avec un bâton, il soulève chaque pierre, puis il renverse la tête et fixe éperdument le ciel vide. Jamais la savane n'avait été si calme. En vain cherche-t-il des empreintes dans le sable ou la poussière. Pas un souffle de vie, pas un bruit d'aile. Pas un crocodile dans les marigots.

Le soir venu, bredouille pour la première fois, Banta se résigne à prendre le chemin du retour, le cœur empli de colère et d'amertume.

Il n'a pas rêvé. Il a bien entendu les notes claires d'une kora, d'abord, puis un chant mélodieux qui semblent provenir de ce bouquet de hautes herbes. Intrigué, Banta s'approche prudemment : c'est une toute petite tortue qui chante en pinçant avec allégresse les cordes de son instrument.

Voilà qui amusera mes enfants, se dit Banta, et fera peut-être oublier l'insuccès de ma chasse. Et il fourre la tortue dans un sac.

– Tu ne ramènes donc pas de gibier ? s'écrie son fils en le voyant entrer dans la cour de la concession.

– J'ai mieux, répond Banta. Grâce à ma ruse et à mon adresse, j'ai capturé une tortue qui chante. Écoutez-la.

Et devant la famille et les voisins réunis, la tortue docilement se met à jouer de son instrument et à chanter.

Banta reçoit les applaudissements comme s'ils lui étaient adressés. Je tiens avec cette tortue une belle occasion de briller devant le roi, pense-t-il.

Le lendemain, il se présente au palais et demande audience.

– J'ai dressé cette petite tortue à chanter pour vous, noble roi.

– Reviens ce soir. Elle chantera devant la cour.

Et voici la cour rassemblée. Banta tient dans ses mains la tortue prodigieuse. Avec un sourire de triomphe, il l'installe sur un tabouret et pose sa kora devant elle.

Vas-y, chante.

Mais la tortue reste muette.

Chante, allez !

Mais la tortue lentement rétracte sa tête et ses pattes dans sa carapace, comme ferait tout autre tortue à sa place.

Honte sur Banta. Huées. Sifflets. Crachats.

Le roi qui n'apprécie guère que l'on se moque de lui ordonne l'exécution du fanfaron. Une potence est dressée sur-le-champ.

Voici Banta à son tour pris au collet.

Il suffoque et se débat, inexorablement il meurt.

Et comme une ultime convulsion tord son corps supplicié, dans le silence funèbre, une kora soudain égrène quelques notes cristallines. Puis une petite voix entonne un chant étrange et gai, tandis que Banta grimaçant rend son dernier soupir.

Je vais faire un peu de brousse, annonce Oreille rouge en s'efforçant de dire cela comme il dirait qu'il part faire un tour en forêt. Il remercie les enfants qui proposent de l'accompagner. Il ira seul. On a vu rôder des lions, oui. Mais il y a longtemps et d'ailleurs ce n'était pas dans la région.

Il tremble.

Il marche dans la savane mais surtout il se dit je marche dans la savane. Il inspecte du bout du pied les mues de serpents qui jonchent le sol en cette saison. Ce ne sont jamais que des lambeaux mais en les tournant et retournant il croit pourtant bien découvrir quelque chose qui a échappé jusqu'à présent aux patientes observations des herpétologistes : têtes et queues ne sont point distribuées chez les serpents comme chez les autres animaux. En effet, la moitié d'entre eux ont deux queues, une à chaque extrémité de leur corps absurde, et l'autre moitié les deux têtes. Il fallait le dire même si, évidemment, l'un dans l'autre cela revient au même.

Oreille rouge dédaigneusement a laissé la piste derrière lui (mais elle continue devant), vrai broussard à présent, s'il s'est égaré jadis dans la pinède de Juan.

Il s'assoit sur un monticule de pierres rouges. L'art du camouflage n'appartient pas au seul caméléon. Devant lui, à perte de vue, la savane. On ne fait pas de différence ici entre la brousse et la savane, ce sont des finasseries de professeur de géographie, et Oreille rouge a un petit sourire de mépris rétrospectif pour la serviette de cuir caramel, la blouse grise, l'eau de toilette éventée et la moustache misérable de monsieur Delmas. En voilà un encore qui ne se serait pas aventuré là sans les enfants. C'est ainsi que le labyrinthe de longs couloirs duquel il s'était finalement extirpé rattrape le garçonnet au milieu de l'étendue rase de la savane – en sortira-t-il jamais ? Puis il a un sursaut : là-bas, au fond du paysage, deux lionnes ont pris en chasse une antilope boitillante. Et soudain, c'est l'Afrique pour de bon.

Puis le tableau se précise et ce sont deux chiens errants qui harcèlent une bique.

Tout lui sourit, enfin les bêtes féroces l'attaquent. Après une heure de marche sous le fort soleil, il s'est aventuré dans une grotte ombreuse, au flanc d'une colline rocheuse. Aussitôt elles ont attaqué. Il s'est trouvé cerné, harcelé de toutes parts – et finalement il y en a trois qui sont sur lui, qui se disputent le morceau, il éprouve une douleur aiguë au doigt, à la tempe, au cuir chevelu, comme il se rue hors de la grotte en hurlant.

Il doit courir longtemps encore pour se débarrasser de l'essaim.

Pourquoi se méfie-t-il ainsi du médecin diplômé (c'est sous verre) qui le reçoit dans le petit bureau miteux du Centre de soins et sans quitter son siège ni cesser de sourire accorde à peine un regard à son doigt enflé puis lui prescrit un anxiolytique et un antibiotique recommandé spécifiquement pour le traitement des infections des voies urinaires, sauf prostatites ? Que prescrire d'autre, en effet, si tel est le stock de la pharmacie du Centre ?

Rien de grave, lui dit le médecin en lui indiquant la porte sans se départir de son sourire, tant que vous ne souffrez pas de prostatite.

De la route
Ce côté et l'autre côté
Tout est à nous

chantent sous le pagne les fesses de la timide jeune femme qui baisse les cils avec modestie en le croisant. Est-il plus grand malheur pour l'homme que de voir s'éloigner une femme ondulante ? demande Oreille rouge. Son ami Bassakoro, riant à belles dents, en fait un poème.

Entre l'arbre et la mare, il y a la trace large et sinueuse d'un serpent. Ziniba voudrait bien se baigner, mais comment savoir si le serpent allait de l'arbre à la mare ou de la mare à l'arbre ? Ziniba hésite à déposer le voile qui l'habille et à entrer dans l'eau. Si le serpent est sorti de la mare, elle n'a pourtant rien à craindre. Oui, mais si le serpent venait de l'arbre et qu'il est maintenant tapi dans la vase du fond... Comment lire cette trace sans queue ni tête ? Où allons-nous ? Quel est le sens de toute cette aventure ? Mais la chaleur est extrême et la jeune Touareg sait qu'à celui qui refuse son offrande l'eau pincée ne se montre plus pendant trois jours. Alors qu'elle s'apprête à plonger vaillamment un pied dans la mare, un oiseau au-dessus d'elle lance son cri étrange et persuasif *aba-dé-toucou-té* et Ziniba qui a l'oreille musicale entend clairement *Djawad é toukounte* et déguerpit, la belle.

Fuis devant l'impossible.

Oreille rouge et peu musicale se demande en écoutant le récit de Ziniba combien de conseils avisés venus du ciel il a méprisés, lui, depuis son arrivée au Mali, quels dangers il a frôlés et de quelles situations il a été la dupe risible du fait de son ignorance du tamasheq. Le lion dans son dos a pu faire tout ce qu'il voulait. *Fuis devant l'impossible.* Il a déjà lu cette maxime quelque part, pourtant, mais il ne sait plus où. Puis se souvient.

Elle conclut chaque article de son programme génétique.

Il n'est pas venu ici pour s'émerveiller devant les hommes et les paysages mais plutôt dans l'espoir de se surprendre lui-même, se découvrir polyglotte, piroguier, danseur, musicien – ça alors ! et je sais aussi manier le lance-pierres ! –, très différent en somme de ce qu'il a toujours été et dont il est un peu las à force – tout autre à sa place eût renoncé après cinq minutes –, et ne plus jamais revenir de cet étonnement, déposant comme un froc son corps trop étroit et fluet pour ses nouveaux appétits et renaissant nu, affûté pour la course et le bond, avec une main de peintre et une main de mécanicien, doté d'un système finement nervuré de vaisseaux conducteurs de la pensée menant celle-ci jusqu'aux phalangettes et jusqu'aux talons même où l'attendrait l'impulsion du prochain départ. Il se moquait des savanes, il est venu pour une autre révélation, pour donner sa chance enfin au Malien qu'il est peut-être aussi, peut-être surtout, qu'il a toujours été peut-être, dès l'origine, qui n'a jamais eu l'opportunité de se montrer, ayant reçu dans une province française une éducation française qui contraria son épanouissement : soudain, il a tout l'espace et la lumière pour lui et qu'en fait-il ? Il demeure tel qu'il a toujours été, aussi lourd, aussi rabougri. On le croit dans la lune. En effet, il a les pieds de plomb du Sélénite. Il a changé un peu pourtant depuis qu'il est ici.

Tout de même. Ses oreilles n'étaient pas si rouges.

Cependant, il prend de l'assurance. N'a-t-il pas forcé une chèvre qui le fixait effrontément à baisser son regard ? Ainsi commence et finit le chapitre safari. Il n'y a plus d'animaux dans la savane malienne. Non, ce n'est décidément pas une girafe, là-bas, au milieu des grands arbres, la perspective fausse tout, ce n'est qu'une sauterelle dans l'herbe à vos pieds.

Le mouton s'est tellement répandu qu'il a chassé de leur territoire le lion et le guépard.

Oreille rouge doit en convenir pourtant, il reste des insectes bizarres, assez pour faire un monde où l'absence des grands mammifères ne se remarque guère. Celui-ci tient de la libellule et du hanneton et fait un bruit de crécelle. Il faut l'extraire de l'oreille rouge avec la minuscule pince à épiler du couteau suisse. Et mon hippopotame ? demande-t-il à Toka, qui sourit mystérieusement. Ce que laisse le lion est pour la hyène ici ; ce que laisse la hyène est pour le vautour ; ce que laisse le vautour est pour le chacal ; ce que laisse le chacal est pour la mouche.

C'est au tour de la mouche, dans la savane malienne.

En voilà un ! Oreille rouge le voit, en effet, énorme, immobile sur la rive sableuse, narines écarquillées, yeux exorbités, son large dos gris luisant sous la lune : un crapaud, dit Toka. Il y a aussi de gros lézards, à moins que ces derniers ne soient que les ombres des oiseaux, ce qui expliquerait beaucoup de choses et notamment comment il se fait que le margouillat escalade les roches les plus abruptes sans jamais se casser la margouillette. C'est un agame gris mais le mâle a la tête et l'extrémité de la queue orange, en cela très léonin. Il se soulève continûment sur ses quatre pattes arquées, il fait des pompes toute la journée. Il sera iguane, il sera varan.

On ne sait comment le dinosaure a disparu. Voici comment il réapparaîtra.

Avant d'attaquer, le serpent cracheur se dresse sur sa queue, te fixe longuement à distance et soudain il crache son venin. S'il atteint ta nuque, tu deviens aveugle instantanément, aussi vaut-il mieux fuir à reculons. Lui ayant donné ce bon conseil, le scorpion ajouta avec un petit rire chitineux : *alors c'est moi immanquablement qui te mords au talon*. Oreille rouge affronte avec plus de vaillance l'autre reptile qui traîne dans les parages. Pourquoi tuer la tortue avant de monter un jeu de cordes sur sa carapace, se demande-t-il en se remémorant le conte de Yaya. Avec ses pattes torves aux griffes crochues, ne seraitelle effectivement pas la mieux placée pour nous jouer quelque chose ? Oreille rouge n'attend pas de réponse.

L'Afrique aime les mystères et celui-ci est l'un des mieux gardés.

CITATION À COMPARAÎTRE

Faudra-t-il un feu de brousse et que mes cheveux se hérissent et flambent pour qu'enfin on te revoie par ici, pour entendre à nouveau tes rugissements terribles ?

Quand as-tu pris peur de l'Afrique ?

Tu es devenu gros et gras, je t'ai vu au jardin zoologique, une petite fille passait la main entre les barreaux pour peigner ta crinière. Les mouches te confient leurs œufs. Ton ventre adhère à ton rocher de ciment comme celui de la bernique.

On a sans doute beaucoup joué au football sur ton dos. Moquette râpée que tout le monde piétine, tel est ton pelage. J'y ai vu l'empreinte d'un sabot d'antilope.

Me permettras-tu de continuer longtemps sur ce ton ? Ne vas-tu pas enfin surgir de ce taillis d'herbes jaunes pour punir l'insolent ?

Ta race est une race de mauviettes, de déserteurs, de pétochards !

Vas-tu vraiment me laisser dire ça ?

Dois-je répéter ?

Je peux donc utiliser ta queue pour nettoyer mes biberons ? Avec le reste de la loque faire mes sols ?

Je t'ai vu au cirque. Une femme en maillot pailleté – je salivais moi-même – te fit asseoir d'un signe de la main, comme un écolier du temps jadis, plus précisément le timide pensionnaire d'une institution catholique de l'ouest de la France au siècle dernier. Puis elle entra d'elle-même dans ta gueule, toute rôtie, tu n'avais qu'à mâcher comme je l'articule pour n'en faire qu'une bouchée : tu n'as pas décollé son oreille.

Tu étais connu pour ta férocité, pour ton appétit, pour ta majesté. Faut-il désormais craindre le caniche plus que toi ? Ces roquets mordillent !

Montre-toi enfin ! Sors un peu la tête des fables d'Esope. Réduis-moi au silence. Je veux sentir tes crocs dans ma cuisse, je suis venu pour ça.

Tes rugissements annonçaient la foudre. Tu rugissais, puis les bombes pleuvaient. L'Europe peureusement se recroquevillait en Scandinavie quand tu rugissais dans le Sahara.

Et quand tu bâillais, chacun sentait dans ton haleine l'odeur de son cadavre.

Tu secouais ta crinière et tous les autres fauves miaulant réclamaient du lait et une sardine puis se couchaient en boule dans leur panier.

Avec une seule de tes dents conquise par surprise (c'est-à-dire trouvée par terre), l'homme avait tôt fait de labourer son champ. Il devenait le maître dans son village. Il dévorait les récalcitrants. Toutes les femmes lui demandaient un fils.

Quant à ceux qui prétendaient se vêtir de ta fourrure, bien souvent en effet ils se coulaient dedans un jour. C'était ôter ce déguisement qui n'était plus possible.

Aujourd'hui, je me promène sur tes terres aussi tranquillement que dans un square. Il ne saurait rien m'arriver de pire que de marcher sur mon lacet. Je ne serais pas surpris de croiser ta statue sur un socle. Vieille pierre rongée par les pluies, aussi démodée qu'un maréchal des logis ou que l'inventeur de la presse à bras. Une petite vieille, veuve de l'épicier, tricotera dans ton ombre un cache-col ou des mitaines.

L'incontinent a bientôt délimité son territoire. C'est sous lui.

Me laisseras-tu dire ça aussi ?

Un vieillard aux yeux morts se souvenait de toi, je l'ai fait parler, il m'a décrit la Chimère.

Eh bien, vous voulez les voir ou non, les hippopotames ? Hâtez-vous donc un peu ! Toka entre sans frapper dans la chambre d'Oreille rouge. Venez, venez vite, cette fois je vous promets que nous ne les raterons pas. Oreille rouge a pris le pas de Toka. De nouveau ils longent la rive rase et boueuse du Niger. Ce sont eux, vous savez, qui débroussaillent les berges et les nettoient. L'hippopotame est indispensable à l'équilibre écologique du fleuve. Les tonnes d'excréments qu'il libère et que sa queue courte mais musclée et vive comme un fouet aussitôt disperse dans l'eau contribuent au développement du plancton, des invertébrés et des poissons. Mais chut ! Nous arrivons... Tenez ! Écoutez ! Les entendez-vous, derrière ces rochers ?

– J'entends des mugissements, rien d'autre.

– Mais oui ! Mais oui ! Justement ! L'hippopotame mugit, ou beugle. Tel est son cri.

Or derrière les rochers, il n'y a que trois bœufs qui s'abreuvent.

Trop tard, dit Toka, ils ont fui. Sans doute ont-ils

senti la présence d'un prédateur. Les petits sont souvent victimes des hyènes ou des crocodiles.

Rentrons, dit Oreille rouge.

Ses selles sont aussi parfaitement moulées que celles de l'âne et du mouton. Oreille rouge n'attrape aucune des maladies humiliantes et ridicules promises au touriste et il s'en vante dans ses lettres. Cette terre l'accueille comme un fils. Il parvient même à s'enrhumer. Et ce rhume le ramène dans les vertes contrées pluvieuses de son enfance. Ô novembre ! Quand il rouvre les yeux, il est à Koutiala où vivent majoritairement des Miniankas, apprend-il, qui sont de gros consommateurs de viande de chien.

– Fuyons, mon vieux Milou !

Il voudrait rentrer au pays, prendre une douche, ranger sa chambre.

Dehors l'Afrique ! Il ne sort plus. Allongé sur son lit, il lit lui aussi. Il lit *Le Député d'Arcis*, de Balzac. Il est pathétique. Tout à coup sa confiance l'a quitté. Il est trop visible ici. On ne voit que lui, qui aime tant passer inaperçu, Adam rasant les murs sous la vigne vierge et que son physique sans emploi préserve ordinairement de la curiosité. Il marche plutôt lentement dans les ruelles du village, il chemine, mais il y a en lui un être en fuite, et ses yeux roulent devant lui à la recherche d'un abri. J'ai peut-être eu tort de le lâcher en Afrique. Ô ma France ! Ô pelouses ! Oreille rouge regarde avec attendrissement un minuscule grain de beauté sur son pied droit. Il a le même quand il est en France. Pleurs.

Oreille rouge, on voudrait les lui frotter encore.

Avec sa figure blanche et ses bras blancs n'évoluerait-il pas plus naturellement sur la lune ? Mais on aurait tort de se fier à tant de blancheur. Il n'est pas assez généreux pour offrir ne serait-ce qu'une poignée de neige à sa petite amie Roukiatou qui voudrait bien savoir en quoi cela consiste.

Blanc qui garde tout le blanc pour lui.

Tandis que les carrioles attelées de deux ânes vont à la sablière, Oreille rouge est assis sur une butte, avec son Balzac. Drôle d'effet dans le paysage. Parfois, le sentiment de malaise qu'il éprouve inexplicablement tourne en euphorie. Cherchant à comprendre, il en arrive à penser que celle-ci monte en lui à la seule idée que cette situation ne va pas durer, que ce ne sont jamais que quelques heures à tuer, que sa vraie vie insouciante l'attend, qu'il va la retrouver bientôt et pour toujours. Ainsi donc il s'avise qu'il ne se réjouit nullement de ce qui un instant auparavant l'oppressait et qu'il aurait su vaincre ou, mieux encore, aimer, mais de la fin prochaine de son calvaire.

Car tous ses sens sont révulsés par l'Afrique. Sa froide insensibilité reçoit de rudes coups.

Il n'aime pas le tô sauce gombo, ni le riz au gras. Feint de, en grimaçant. La nuit, chez un de ses hôtes, les latrines grouillent de blattes grosses comme le pouce. Elles font avec pattes, ailes et mandibules un cliquetis qui serait assez agréable à l'oreille s'il provenait de perles de nacre brassées par le flot. Mais ce sont des blattes grosses comme des pruneaux avec plus d'antennes dressées qu'il n'y a de chemins vers le ciel. On lui a dit de ne pas caresser les animaux. Il se méfie aussi du sable et des fruits écorcés. Et il va falloir me faire taire ces chèvres ! Allongé sur son lit, il aime ce petit moment sans Afrique. Il passe des heures ainsi recroquevillé dans sa chambre sinistre.

On le baptise Maïga, ce qui en tamasheq signifie *où est-il ?*

La grand-mère de Roukiatou a commerce avec les djinns. Parfois, on trouve une chandelle allumée en rentrant dans la maison vide. Lorsqu'ils prennent forme humaine, ces djinns sont de beaux garçons aux cheveux longs, d'un noir de charbon. Ne pas s'y fier, leur aspect véritable est terrible, yeux rouges et saillants, langue de feu. Au reste, ils demeurent le plus souvent invisibles : si on ne les voit pas, c'est donc qu'ils sont bien là. Et la grand-mère de Roukiatou hoche la tête pensivement. Ses yeux presque aveugles sont d'un bleu nacré, sa main est longue et maigre. Elle a une réputation de sorcière.

Oreille rouge est un sceptique inébranlable, solide comme un moine, mais, dans l'alternative, il préférerait que la vieille cesse de marmonner en le désignant d'un index croche.

Il retrouve Rouki et ses sœurs pour une promenade dans la savane. C'est un gri-gri, disent les enfants en désignant une corne enveloppée dans des bandes de tissu et de plastique suspendue à une branche de manguier à l'aplomb d'un crâne de mouton. Je l'aurais parié, dit Oreille rouge. On ne doit pas y toucher, disent les enfants. Mais ils rient en approchant les doigts de la chose. Cependant, ils n'y toucheront pas. Lui, vous pensez s'il s'en moque, il s'est fabriqué un gratte-dos avec l'annulaire de Catherine de Sienne dérobé dans son reliquaire.

Mais il respectera les croyances locales.

Il s'inquiète du nombre de serpents dont les mues et les méandres constituent à peu près les seules traces de vie repérables sur le sable gris de la savane. Il n'y a pas de sérum au village, lui explique-t-on, mais ma grand-mère possède une pierre noire, le rassure aussitôt Rouki. En cas de morsure de vipère ou de scorpion, on pratique trois petites incisions au niveau de la plaie, puis on applique fortement la pierre qui va rester collée dessus jusqu'à ce qu'elle ait aspiré tout le venin, alors elle tombe d'elle-même. Puis ma grand-mère la plonge dans le lait de brebis où elle rend le venin. Après quoi elle peut resservir.

Ah ? Et si on utilisait plutôt ce caillou pour écraser la tête du venimeux ?

Oreille rouge a encore beaucoup de choses à apprendre. On lui montre l'autel où les sacrifices propitiatoires ont lieu, un simple fagot de branches qui se décomposent, auquel on ajoute tous les sept ans de nouvelles branches, auprès duquel il n'y a rien d'autre que le couteau noir de sang et la pierre qui fait office de billot. Le solliciteur remet au sacrificateur un poulet, une dizaine de noix de kola et 100 francs CFA. L'une des noix, fendue en deux, est jetée au sol : si les deux moitiés retombent du même côté, le sacrifice est accepté. Dans le cas contraire, c'est que le vœu est déraisonnable, vous pouvez reprendre votre poulet, vos noix et votre argent. Si donc le sacrifice est accepté, le sacrificateur tranche le cou du poulet, puis asperge de son sang le fagot de bois. Il lance ensuite en l'air le corps du poulet dont la position au sol déterminera le délai nécessaire à la réalisation du vœu.

Oreille Rouge opine gravement à tout ce que lui explique son guide.

Un écureuil a traversé la route de droite à gauche devant la voiture. On s'arrête. Le chauffeur descend, cueille un peu d'herbe sèche sur le bas-côté, qu'il glisse sous les roues : voici comme on contrecarre le mauvais présage de l'écureuil. Repartons. Puis nous sommes à peine entrés dans Bamako qu'un policier nous dresse un procès-verbal pour dépassement de la date limite du contrôle technique. Oreille rouge règle l'amende.

Il songe avec épouvante que, sans la poignée de paille, le flic aurait tiré à vue.

Sur le marché de Bamako, vous trouverez tout ce dont vous pouvez avoir besoin pour vos rituels magiques, des crânes de moutons, des têtes de poules, des poudres, des ossements, et des mains de chimpanzés entassées par dizaines. Et il est vrai qu'en en joignant deux avec componction, on peut adresser au ciel une prière qui toucherait le cœur du diable. Au retour encore, le chauffeur fait halte souvent pour cueillir dans les arbres des feuilles aux vertus actives contre l'hypertension, le diabète, l'insomnie, les maux de ventre et les pertes blanches, paraît-il, dont il remplit son coffre.

Est-il bien prudent de laisser le volant à ce grand malade ? se demande Oreille rouge.

Une sirène cruelle habite les eaux du Niger, elle attire au fond les baigneurs et les pêcheurs, affirment les enfants qui refusent cependant de croire que ses écailles sont en or comme on le prétend aussi, car cela est invraisemblable. Mais les événements finissent toujours par donner raison à la légende, en Afrique. Il ne faut à aucun prix passer sous cet arbre, disait-on depuis toujours dans le village. Un qui n'est pas superstitieux passe et repasse dessous en fanfaronnant. Le soir même, quatre gaillards l'étranglent avec un foulard afin de lui prouver son erreur.

Oreille rouge ricane (à part soi).

Au marché des artisans, il caresse du bout des doigts un éléphant en bois d'ébène pourvu de belles défenses en os de phacochère – justice est enfin rendue au sanglier notoirement sous-estimé –, il lui parle à l'oreille doucement, il le dorlote et le berce, il s'inquiète de sa nourriture, il en négocie âprement le prix – au même, croisé sur un trottoir de Paris, il n'eût pas accordé un regard. Et si son pied avait buté dessus, il l'eût repoussé comme un roquet importun, il l'eût appelé camelote, pacotille, il eût ri des prétentions de la babiole. Tandis que celui-ci, son éléphant d'Afrique, haut de huit centimètres, long de quinze, c'est un mâle redoutable et farouche, le chef du troupeau, un mastodonte : il n'y a que des œufs sous son pied. Oreille rouge le baptise Hannibal. Il a de grands projets avec lui. Bien des choses changeront à son retour. On va le revoir en tous ces lieux et places qu'il a quittés vaincu, défait, humilié.

Il reviendra, annoncé par le tonnerre et mille tambours : le petit trot d'Hannibal sur son chemin de gloire.

À Somadogo, autrefois, les jeunes du village se transformaient en hyènes à la nuit tombée pour aller voler les chèvres, les moutons, les poulets des villages voisins, puis, à l'aube, ils buvaient une potion préparée par une vieille femme et redevenaient des hommes, insoupçonnables, jusqu'au jour où cette sorcière trébucha sur une racine et brisa son canari, en conséquence de quoi le sortilège ne put être rompu, condamnant les hyènes à rôder éternellement autour du village : aujourd'hui encore on les voit parfois au petit matin, les babines écarlates, le poil hirsute, espérant, espérant sans fin, tandis que leurs fiancées sont devenues des mères, des grands-mères, et reposent depuis longtemps déjà sous la terre rouge.

Ô Gévaudan !

C'est maintenant Hattaye, le Touareg, qui raconte.

On a marché tout le jour sur le sable brûlant. Le soleil nous a planté une à une toutes ses flèches dans le crâne. Maintenant il est désarmé, rond et lourd comme une meule, il descend dans le ciel et pèse sur nos épaules. Les hommes et les chameaux sont fourbus. On va s'arrêter là, entre les dunes, et dresser le camp.

Oui, nous allons rester ici quelques jours, le temps de reprendre des forces.

On plante les piquets, on tend les peaux, on déroule les nattes. Les tentes sont bientôt debout. Voici soudain au milieu du désert un joli petit port de plaisance.

Nous avons faim à présent. Chacun s'active auprès de son feu.

Acoba a perdu sa marmite. La tresse de cuir qui la tenait attachée au bât du dromadaire a dû se dénouer ou se rompre. Halama acceptera bien de lui en prêter une.

À contrecœur, mais oui, comment refuser ? Halama accepte.

Dès le lendemain matin, il est devant la tente d'Acoba pour récupérer sa marmite. On veut bien rendre service, mais il ne faudrait pas abuser non plus.

Au reste, Acoba ne fait aucune difficulté pour lui rendre son bien. Or, à l'intérieur de cette marmite, Halama a la surprise d'en trouver une autre, plus petite.

– Celle-ci t'appartient, Acoba.

– Pas du tout, répond ce dernier. Figure-toi que c'est ta grosse marmite qui lui a donné le jour. Cette petite marmite est sa fille. En conséquence de quoi, elle te revient de droit.

Quel naïf ! se dit Halama, trop heureux de profiter de la crédulité de son ami et de devenir ainsi propriétaire d'une deuxième marmite.

Aussi n'hésite-t-il pas, le soir venu, à prêter de nouveau sa marmite à Acoba, comptant sur la même aubaine. Peut-être l'ingénu se dépouillera-t-il encore à son profit d'une autre jolie petite marmite ?

Mais le lendemain, lorsqu'il se présente devant la tente d'Acoba, celui-ci fait une triste grimace.

– Eh bien, je viens chercher ma marmite, veux-tu me la donner ?

– Ah, mon ami, j'ai une bien mauvaise nouvelle...

– Quoi ?

– Elle est morte.

Toka lui apporte des oranges.

Tu ne m'emmènes pas voir les hippopotames aujourd'hui, Toka ?

Vous n'y pensez pas ! Ils sont en pleine période de reproduction, là, maintenant. C'est la saison sèche, les populations sont concentrées. Les hippopotames s'accouplent dans l'eau qui soulage en partie la femelle du poids du mâle. Après huit mois de gestation, elle met bas sur un matelas de roseaux foulés un unique petit de cinquante kilos avec lequel elle demeurera seule tout un mois avant de rejoindre le troupeau. Elle redoute surtout l'arrivée intempestive d'un nouveau mâle dominant qui n'hésiterait pas à anéantir sa progéniture pour la rendre plus promptement disponible. Toka esquisse un geste d'agacement et fait mine de se gifler. J'ai oublié de vous dire que la femelle atteint la maturité sexuelle vers l'âge de quatre ans mais qu'elle conçoit rarement avant neuf. En période de reproduction, les mâles sont très irascibles. Ils chargent les importuns. Je vous mènerais volontiers au troupeau mais ce serait courir un bien grand danger. Il faut avoir vu ça pourtant. Quand vous connaîtrez mieux l'Afrique peut-être. Pour l'instant, je préfère vous raconter. Il se sont habitués à ma présence. Moi, je ne risque rien.

Merci pour les oranges, Toka.

Son audace ne cesse de croître. Ce matin Oreille rouge s'aventure seul dans le village. Devant sa case de banco et de paille, une femme pile du mil, son enfant accroché dans le dos, à la ceinture. L'homme à côté élague des branches avec son coupe-coupe. Ce même tableau est suspendu sous le ciel d'Afrique depuis des siècles. Oreille rouge ne peut s'empêcher d'admirer cette constance tandis que son cerveau obnubilé conçoit simultanément le moulin électrique et la tronçonneuse.

Mais comment peuvent-ils préférer désormais la tôle ondulée aux toits de terre ou de paille de mil ? s'indigne-t-il avec ce petit air d'esthète contrit qu'on lui voit aussi au pays, aux abords des lotissements pavillonnaires.

Oreille rouge décrira tout cela dans son grand poème sur l'Afrique. On n'y coupera pas. Il prend aussi des photos. Impossible en effet de trouver une carte postale du village, entre autres différences avec Palavas-les-Flots. Hier, c'était la fête de la Tabaski. Pour une fois que leurs bêlements tragiques se justifieraient, les moutons restent muets et stupides, dont les peaux sanguinolentes sèchent sur les murs.

Tous les chiens ne font pas des bons bergers : chacun part avec un os.

Il est tôt mais déjà les enfants courent en tous sens dans les rues. Certains poussent devant eux un pneu de vélo avec un bâton. Ainsi avantagés, ils sont beaucoup plus rapides que les autres. Oreille rouge lui aussi a repris sa bicyclette. Il pédale hardiment en direction du sud. Parfois, il franchit un pont qui enjambe une coulée de sable et que l'on a bâti sans doute, tel l'apiculteur un chalet cosy pour l'essaim sauvage, dans l'espoir d'attirer une rivière. Parfois, il prend un sentier de traverse dans la savane, s'accorde un peu de repos, assis contre le tronc d'un manguier ou d'un fromager.

Ô Brie ! Ô Cantal !

De là où il se trouve, il ne saurait dire si c'est un oiseau ou un papillon qui vole là-bas. Il y a de si gros papillons par ici. Puis le tableau se précise et c'est un petit sac en plastique dans le vent. Le sol d'Afrique est ocre et paille. Il est aussi jonché d'ordures.

Oreille rouge s'extasie devant une carcasse d'âne mort, abandonnée là. Ça lui rappelle Music, *Au hasard Balthazar*. Il récite à sa compagne les derniers vers d'*Une charogne*.

Après son départ, les vautours en chœur reprennent le morceau.

On a adopté ici la signalisation routière française, c'est donc un panneau métallique rectangulaire liséré de rouge qui marque l'entrée de MAFEYA, en capitales bleues, petit village de cases éparpillées autour de son puits. En revanche, les panneaux signalant le passage des vaches sont le plus souvent en bois, peints à la main, si bien qu'il n'y a pas deux dessins semblables et qu'il semble à chaque fois qu'est annoncée telle ou telle vache bien particulière, nommée Nyérikalan ou La Rayée, ayant l'habitude de traverser justement là. Mais il est vrai aussi que chaque zébu a sa bosse. Chaque bosse est unique et singularise son bovidé. Le vaillant petit Oreille rouge marche dans les ruelles étroites du village bambara, naïvement et globuleusement. Le vieux chef est assis sur une natte à l'ombre d'une paillote et reçoit avec un simple cillement de paupières les dix noix de kola que lui offre l'étranger.

Mais d'un signe de sa main ouverte il invite celui-ci à poursuivre sa visite, à prolonger son séjour, à se bâtir une case.

Oh, mais Oreille rouge est parti pour reconquérir à lui seul notre empire colonial ! Car il compte bien exploiter à son profit le sous-sol de l'Afrique : les richesses minérales, toutes les matières premières de l'Afrique seront constitutives de son poème – à quels applications et usages plus opportuns les destinerait-on ? Marqueterie de bois précieux incrustée d'or et de pierreries, tel sera son poème, et cependant armé de fer, cerclé d'ivoire : une chose délicate mais solide, incassable.

Tout ce qu'il est possible d'extraire, de puiser, de capturer, de cueillir, de produire en Afrique sera extrait, puisé, capturé, cueilli et produit puis précipité pêle-mêle dans son poème.

Les nappes phréatiques sont fort basses ces temps-ci, presque à sec, il faudra bien pourtant activer les pompes à bras pour alimenter son poème en eau courante et les fleuves, n'ayant rien de plus urgent à faire, s'emploieront à verdir et fleurir les marges de son poème. La farine de sorgho, la farine de niébé et la farine d'arachide fourniront le ciment de son poème, élastique et tendre, et ductile infiniment jusqu'à tirer par les cheveux les pileuses et les trieuses elles-mêmes, aux formes pleines, accroupies devant leurs vans et leurs mortiers et qu'il amalgamera sans vergogne à cette pâte généreuse avec l'aide de ses petits boys (veiller au bon recrutement de ces derniers, volontiers malicieux, paresseux, chapardeurs). La force de travail de l'Afrique, il va l'engager tout entière dans l'ouvrage de son poème. Hommes et bêtes, au travail !

Oreille rouge penché sur son livre de comptes enregistrera les bénéfices réalisés : tel sera son poème.

Une fois encore, Oreille rouge s'est campé devant l'Afrique. Il l'attrape par le menton. Il lui tord les poignets.

Afrique ! Afrique ! Il l'inonde de postillons : quelles récoltes nous aurons cette année !

Une fois encore, il invoque le nom de l'Afrique : son grand poème est contenu dedans.

Oreille rouge va enfin dire son fait à l'Afrique. Vous n'y voyiez que des peaux et des écorces : il va en exprimer le jus dans son poing.

Comment lui échapperait-elle ? Il est à cheval dessus. Elle se cabre ? Il est maintenant couché dessus.

Afrique ! Afrique ! C'est le refrain. Le chant va venir. Le chant se forme et enfle dans le ventre d'Oreille rouge. Sa démarche n'était pas si souple avant l'Afrique, ni son pas si élastique.

Voici Ventre rouge, Hanches rouges, le poète, qui s'avance.

L'Afrique est à ses pieds, l'Afrique n'a rien à lui refuser. Il pourrait sévir. Il la tient à sa merci, dans son poème.

Mais Oreille rouge n'est pas cette brute. Il a desserré son étreinte.

Il arbore maintenant des airs de souverain magnanime, indifférent aux biens de ce monde, las de son pouvoir peut-être. J'ai préféré relâcher ma prise, dit-il.

Le soir, il va s'asseoir sur une pierre plate avec dossier au bord du fleuve. La rumeur du village est derrière lui, dominée par les percussions. Le grillon nocturne se fait entendre à l'instant précis où le soleil disparaît sous l'horizon. Bientôt en Afrique aussi tout sera automatisé. L'obscurité lentement grimpe jusqu'aux étoiles sans que gémissent les marches du vieil escalier. On pourrait prendre pour des crocodiles sommeillant côte à côte les pirogues tirées sur le sable, mais ce serait une méprise dangereuse : celles-ci ont le ventre plus creux encore. Virevoltant au-dessus du flot calme, les chauves-souris en chasse auront définitivement éradiqué dans quelques minutes le fléau du paludisme. Oreille rouge est auditeur et spectateur. Il a eu la chance de trouver une place au premier rang. La nuit s'étale devant lui. Il n'en rate rien. Pour entrer lui aussi dans le tableau, il faudrait qu'il soit vu par un autre, de dos, assis sur sa pierre.

Ici enfin la présence du lecteur est requise.

Oreille rouge donc est assis sur sa pierre au bord du fleuve, comme vous voyez. Il est peu vraisemblable qu'un caïman en jaillisse soudain pour le happer et l'entraîner au fond, il n'empêche que jamais dans son existence ce danger n'avait été si menaçant, le lecteur ennuyé par les extases contemplatives du personnage peut toujours s'accrocher à cet espoir et guetter les remous de l'onde. S'il ne se surveille pas,

Oreille rouge finira par écrire une ode au fleuve Niger qui lave impeccablement tous les boubous et tous les pagnes depuis la Guinée jusqu'au Nigeria, et abreuve toutes les créatures assoiffées de ces contrées sableuses.

Depuis la Guinée jusqu'au Nigeria, le fleuve a beau faire de brusques virages, Oreille rouge ne le perd pas de vue.

Le Niger profite du moindre souffle de vent pour accélérer son cours. C'est autant de chemin parcouru sans effort. Parfois même ce sont les piroguiers en poussant sur leurs longues perches qui le mettent en mouvement : ils n'auraient pas développé de tels muscles juste en manœuvrant ces embarcations qui semblent glisser toutes seules, rouler même sur l'eau quelquefois, rondes parfaitement quand les passagers courbent le dos. Mais ils ne sont que deux dans celle-ci. Deux hommes embarqués, debout. À l'arrière, le piroguier dirige l'esquif avec sa perche. Posté à l'avant, le pêcheur lance donc son filet sur Venise, d'un seul geste simple, ample, très gracieux. Puis le ramène lentement. Oreille rouge sur la rive prend une photo et une note – à qui fera-t-il croire qu'il prend ainsi part à l'action ?

(Sa photo : Venise)
(Sa note : *Le pêcheur déploie son filet comme une nappe de pique-nique. Au menu ce jour, poisson.*)

Autre pêche, dans les basses eaux. Des bancs de sable divisent le fleuve en plusieurs bras assez étroits que le filet peut traverser. Il suffit d'être deux : le premier homme reste immobile sur une rive. Partant de l'autre, le second décrit un mouvement tournant de manière à rejoindre son camarade en refermant la nasse. On remplit vite ainsi un petit seau de sardines.

Oreille rouge qui songe à écrire un poème sur le Niger se demande comment adapter cette technique aux spécificités de la littérature.

Quand il émerge, l'hippopotame expulse par les narines deux longs jets d'écume et de tout ce corps monstrueux ne s'ébrouent que les oreilles. Du moins faut-il le supposer, car d'hippopotame, point. Toka aussi se cache. En revanche, si limpides et pures sont les eaux du fleuve que l'on voit distinctement au fond rouiller ses puissants moteurs. Les principaux affluents du Niger sont les flots gras et troubles vomis par les usines de ses rives et les eaux usées, épaisses, multicolores des teintureries. Carpes, silures et beaux capitaines apprennent de plus en plus jeunes à nager sur le dos.

Longeant la berge de rochers noirs, Oreille rouge cherche une place assise.

Il contemple les silhouettes altières des femmes vaquant à leur lessive. Aussitôt, il prend son crayon pour croquer la belle image, le fleuve et ces nymphes coiffées d'une tiare de casseroles que sont ici les ménagères. Mais il ne sait pas dessiner et son paysage ressemble à une cuisine. Il voudrait écrire un poème sur le fleuve. Il cherche en lui la source du Niger. S'étonne de ne pas la trouver.

Or même si les mots de son poème étaient faits d'étoupe ou d'éponge, ils ne sauraient pourtant contenir le grand fleuve ni rien en absorber qu'un pipi de capitaine peut-être.

tu rêves
Bashô
c'est le fleuve Niger

Longuement, à se crever les yeux, il scrute la surface des eaux. Ça ne disparaît pas comme ça, un hippopotame. Où sont-ils passés ? Puis un martin-pêcheur soudain se laisse choir du ciel comme une pierre, la vitre du fleuve vole en éclats et l'oiseau n'a plus qu'à se servir en poissons. Oreille rouge se demande comment adapter cette technique aux spécificités de la littérature.

La nuit suivante, il rêve que le ventilateur en vol stationnaire au-dessus de son lit fond sur lui et le déchiquette.

CITATION À COMPARAÎTRE

Oh !
Les frères Montgolfier
Ont chaviré

(Manquaient deux rustines pour les narines)

Tes bâillements sont si communicatifs que la Terre soudain se fend.

C'est toute ta gomme que tu mâches infatigablement. Parfois tu perds ta forme : il aurait fallu te cuire. Oh ! Comme ton âme est contrariée par ton hippopot !

De mon index replié, je frappe trois petits coups sur ton flanc – cling ! cling ! cling ! –, tu es creux, tu es creux, je m'en doutais ! Tu es creux mais tu es lourd. Comme tu es lourd, et paresseux !

Ton institutrice ne sait plus comment s'y prendre avec toi. Ce n'est pas en lui tirant l'oreille que je le sortirai de l'eau, dit-elle, affligée.

Voici que ta fille écarte ses cuisses-mâchoires, découvrant à mes yeux la tendre muqueuse rose aux replis nombreux, humides déjà, l'entonnoir désirable et le double râtelier de canines et d'incisives au complet.

– N'insiste pas, petite, je suis marié.

Il a plu sur l'hippodrome. Terrain lourd. C'est le Niger.

Tu ne renonceras donc jamais à tes tentatives de marcher sur l'eau. Mais il suffit de te regarder : tu n'as que des souvenirs de galets.

Voilà peut-être ce qui ne va pas : ils sont deux qui pédalent sous la combinaison étanche de ta peau, au lieu de ramer.

La grenouille ne risquait pas de se faire aussi grosse que le bœuf dans la fontaine : la chose eut donc lieu dans le fleuve.

Son bâillement n'a pas échappé à Toka.

C'est vous, le paresseux ! Tandis que l'hippopotame ne bâille que pour impressionner ses rivaux. Les mâles dominants délimitent leur territoire en répandant leurs excréments et certains peuvent conserver le même toute leur vie.

Ce disant, Toka montre le sol et grimace.

C'est une bouse, dit Oreille rouge.

Ne vous fiez pas à l'aspect, rétorque Toka, souvenez-vous de ce cri que nous avions entendu, n'aurait-on pas dit une vache ?

En effet, Toka, on aurait bien dit une vache.

Vous voyez. Nos paroles ont dû effaroucher le grand mâle qui règne sur ce domaine. Inutile d'insister, nous ne le rattraperons pas. L'hippopotame est capable de pousser sa pointe de vitesse à 30 km/h. Vous rendez-vous compte ? En revanche, il est incapable du plus petit bond.

C'est bon à savoir. La prochaine fois, nous le traquerons dans les montagnes, conclut Oreille rouge.

Et son regard cherche un horizon au-delà des vastes étendues. Il interroge le sol du talon. Mais tout est là, sous ses pieds. La terre répond je n'y suis pas, ce n'est que du sable ; le sable répond pas du tout, ce n'est que de la poussière ; et la poussière répond oui, mais ici, la terre, c'est moi. Grands tubes jaunes couchés dans les champs : on a fauché le mil. Oreille rouge doit se pincer les bras. Ces brins de paille seront les poutres maîtresses de sa nouvelle conception du monde.

Le fétu est considérable, dit Bras rouge.

Il pédale maintenant entre les cases minuscules et parfaites d'un village non répertorié sur sa carte qui s'étend de part et d'autre de la piste, annexant les champs sans susciter la colère des paysans qui auraient vite fait pourtant de le raser avec une pioche ou une pelle mais le laissent au contraire gagner du terrain sur leurs plantations et multiplier ses habitations minuscules et parfaites, ayant une bonne raison de ne pas intervenir.

Leurs poulets sont très friands de ces termites.

Soudain, un champ ras, désert à perte de vue, avec juste un arbre et une cahute, l'arbre dans la cahute. Plus loin, les manguiers ont colonisé la savane. Ils ont le projet d'une forêt. Le succès sera là lorsque les écureuils que l'on voit filer comme des lapins entre les herbes bondiront d'arbre en arbre. Oreille rouge s'est assis, adossé à un tronc. Il parcourt le Mali à la recherche d'un fauteuil où noter ses fines observations sur son petit carnet noir. Deux enfants armés de lance-pierres chassent la tourterelle à quelques mètres de lui. Du coup, tous les oiseaux affolés se réfugient dans son arbre et Oreille rouge est partagé entre la satisfaction de les protéger ainsi des tirs meurtriers et l'ennui de ruiner la chasse des enfants.

Puis le raffut est tel dans les branches qu'il ne tarde pas à abandonner le tourterellier aux terribles petits cueilleurs.

Son grand poème sur l'Afrique ne saurait ignorer les arbres de l'Afrique. Le frêle papayer produit un fruit plus lourd que lui et ne rompt pas ni ne le laissera choir pourtant avant qu'il soit bien mûr. Curieusement, ils appellent ici papaye ce qu'en

France nous appelons loyalement fromage, et même frometon, dit Oreille rouge, puis recrache. Certains des arbres de la savane possèdent bel et bien ces branches que dessinent les gens qui ne sont pas doués pour le dessin, tout en ramifications insensées et bifurcations à angle droit.

Oreille rouge est à son affaire.

C'est plutôt malin, et il reconnaît bien là l'ingénieuse nature : certaines branches imitent des serpents pour décourager les bûcherons, dans lesquelles s'enroulent de gros serpents qui affectent l'aspect de branches pour tromper les chasseurs (l'œil étant aussi obtus que l'oreille pour distinguer le boa du bois). Et la noix du rônier se distingue de la noix de coco uniquement par sa forme ovale et sa couleur brune, si l'on en croit le délicat croquis d'Oreille rouge.

Que n'embarqua-t-il avec ses fusains sur les caravelles des premiers explorateurs !

L'arbre qui ne donne aucun fruit, il faudra que ses feuilles infusées soignent l'hypertension ou la stérilité, ou au moins que ses branches soient assez fourchues pour supporter une ruche ou une botte de fourrage hissée hors de portée des moutons, s'il ne veut pas finir en petit bois. Mais où trouver du petit bois dans le balanzan ? Les racines du balanzan ne se contentent pas de sustenter le balanzan, elles poussent hors de terre son tronc énorme, elles le soulèvent, arc-boutées, nombreuses mais fines, si bien que de loin l'arbre semble flotter, suspendu dans les airs, porté en triomphe par les bras maigres d'un peuple las de vivre depuis toujours sous le règne écrasant du baobab.

Ah ! Un baobab !

Enfin, un baobab ! Voici un moment maintenant qu'Oreille rouge nous promène en Afrique et toujours pas de baobab ! Ça commençait à devenir suspect, son petit voyage. Encore un qui prétend risquer sa vie dans un pays sauvage devant les fleurs en pot de son salon ou de son balcon, un atlas ouvert sur les genoux, et qui se trahit grossièrement en omettant de citer les deux ou trois choses que le plus casanier de ses lecteurs n'ignore point. Nous feignons volontiers d'être dupes de l'illusion romanesque mais s'il s'agit de reportage, nous sommes en droit d'attendre des preuves, au moins un minimum de vraisemblance. L'absence d'hippopotame est déjà fort préjudiciable à la crédibilité de ce récit. Il était temps vraiment que soit mentionné le baobab qui cache l'Afrique aux yeux de l'Occident, le grand arbre majestueux meublé de tous les autres qu'il remise dans ses galeries, dans ses échauguettes, dans ses amphithéâtres, dans ses tours, dans ses moulins.

Enfin, le baobab !

Or la plupart des baobabs ne sont pas plus gros que des hêtres communs. Poussent droits et raides, au garde-à-vous, coudes au corps. On en verrait bien un debout dans l'entrée d'un salon de coiffure où accrocher manteaux et chapeaux. En grandissant, le baobab conserve ces branches torves et courtaudes sur toute la hauteur de son tronc. On pourrait croire que son écorce le démange et qu'il se gratte. À la terminaison de la plus grosse branche du plus impressionnant baobab aussi : un éventail de très fines ramilles. La main du pianiste au bout du bras de l'haltérophile... on ne sait plus ce qu'on est venu applaudir mais vivement que le spectacle commence ! Le baobab a une peau d'éléphant grise, plissée par endroits, et plusieurs trompes.

Les maisons alentour aux formes rondes crépies de banco grisâtre et craquelé ne barrissent pas non plus.

Il faudrait huit hommes au moins pour faire le tour de celui-ci, estime Oreille rouge. Mais les hommes ici n'ont pas que ça à faire et il finit par s'asseoir contre le tronc, entre les racines, pour attendre la sagesse. Ce sont les crampes qui viennent, si bien que maintenant il ne peut plus bouger que la tête, laquelle il hoche pensivement, et se demande : serait-ce le début de la sagesse ?

Le soleil n'ayant pas répondu, il repose sa question à la lune.

Assis sur une pierre au bord du fleuve, Oreille rouge invente des proverbes africains :

Ne creuse pas sous tes pieds pour agrandir ta pirogue.

Ce n'est pas un lépreux s'il coasse.

Ce que la hyène recrache, ta fille n'en voudra pas non plus.

Si tu dois barrir, demande à l'éléphant.

C'est donc toi que le vent cherchait dans la savane immense.

Quand le charognard commence à tourner sur lui-même, sa famille s'inquiète.

Ne critique pas la maison de ton hôte. Chez la tortue, courbe la tête.

Le caïman ne retire pas ses dents pour boire.

Tout ce que tu dis dans la colère, le babouin l'a crié avant toi.

Ne sois pas surpris si la peau de serpent que le lépreux t'a vendue a deux bras et deux jambes.

Par la porte de ta case, tu sors et ton ami entre.

La tige de mil est la canne du sédentaire.

Si tu veux savoir où mène la piste, interroge le fleuve.

Si la panthère demande à te rencontrer, dis-lui que tu viendras avec la lionne.

La terre avec quoi tu façonnes les murs de ta maison ne te donnera plus de mil.

Oreille rouge sourit, content de lui, referme son petit carnet de moleskine, se relève, perd l'équilibre sur une pierre instable et tombe de tout son long dans le fleuve.

Regarde où tu mets les pieds, mon garçon, lui dit en levant l'index le vieux piroguier qui se porte à son secours.

Il est en vie puisqu'il est en Afrique. Il fait quelque chose de sa vie puisqu'il est en Afrique. Il brûle sa vie puisqu'il est en Afrique (40° à l'ombre). Il ne sera pas resté tel un cul de plomb dans la région où le hasard l'a vu naître. Il s'est arraché à ce magma originel. Il a laissé la Vendée derrière lui, comme un marin. Il a pris son bâton, sa besace, il a serré à bloc la lanière de ses sandales et il est parti. Il a franchi mer et désert. Plus tard, donc, on retrouve sa trace en Afrique. Le coup de poing reçu dans l'avion fut son dernier vaccin. Désormais il est paré. Rien de méchant ne peut plus lui arriver.

Lèvre rouge encaissera sans vaciller la charge du rhinocéros.

Il a laissé la France derrière lui, son riche petit pays, la fille aînée de l'Église aux grands pieds de fromage couchée dans les bégonias de son village fleuri, la jupe retroussée aux aisselles, recevant les notables, il s'est retourné une fois peut-être, pour cracher par-dessus son épaule, il a mis les bouts. On l'aurait vu en Afrique.

Tous ses sens sont en alerte, oreilles et nez cramoisis. Il a commencé ses visites par le soleil et n'en revient toujours pas.

Quelques vieux touristes américains font leur entrée dans un village Dogon. Désireux de se présenter au chef en tenue d'apparat, ils achètent au marché les plus beaux vêtements, choisissant les tissus pour leurs motifs sans même s'enquérir du symbolisme éventuel de ces derniers. Averti de leur arrivée, le chef vénérable sort la tête de sa case puis se détourne aussitôt en disant « je ne parle pas aux enfants non-circoncis ». Oreille rouge rit de l'anecdote, mais que dire de sa confusion ? N'est-il pas ce nouveau-né qui désigne du doigt l'avion et le ballon et s'imagine que sans lui nous en serions encore à ignorer ça ? Parfois, franchement, non seulement il m'énerve, mais il m'amuse aussi.

L'eau ici se vend en sachet. Comme chez nous les poissons rouges, dit-il.

Une grosse chauve-souris, plutôt singe et velue, le frôle de son aile membraneuse. Il a un rire supérieur pour l'assemblée. Puis se retire dans sa chambre et vomit. Mais il m'amuse déjà moins quand il caresse l'idée d'acquérir un mortier à mil pour en faire un porte-parapluies. Pitié, non. À Mopti il achète un collier de dents longues et acérées pour sa compagne, des dents de chameau.

C'est beaucoup plus joli que des pouces d'étrangleur, lui dira-t-elle en l'embrassant.

Il aime la silhouette fidèle de sa bicyclette appuyée contre le tronc d'un kapokier, parce que c'est un kapokier. Il vient encore de faire un petit tour dans la savane. Aujourd'hui, je n'ai pas vu de hyène, dit-il. Les autres jours non plus. Mais un cercle de lionnes attend sous l'arbre où il s'est perché. Lorsqu'il se réveille, elles ont déguerpi.

Ce matin, le ciel est plombé. Décidément, Oreille rouge s'acclimate plutôt bien à l'Afrique.

Avec quel naturel, quelle aisance, il emploie maintenant le mot *canari* dans le sens en usage ici, qui désigne une jarre de terre cuite ronde, à large col, et comme si n'existait plus le petit oiseau jaune ! Il se sent même devenir Touareg : sa chemise bleue trempée de sueur a déteint sur son cou. D'ailleurs, il s'est trouvé une monture sobre et infatigable. Mais il faut pédaler. Et il attend encore la nuit pour manger les viscères du mouton qui fermentent depuis le matin : à la faveur de l'obscurité.

Il n'est pas venu en touriste, donc : constipation.

Et maintenant il écrit négligemment BKO pour Bamako, comme tout le monde ici. Mais tout le monde ici dit *vache*, en revanche, comme à Salers. C'est bien triste. Oreille rouge est le seul à dire *zébu*. Mais il ne s'en prive pas. Zébu, zébu. Il le dit beaucoup, aussi souvent que possible et parfois même hors contexte. Zébu, zébu. Zé-bu. Ce sont bel et bien des zébus, avec cette bosse adipeuse molle faseyant comme une voile sur le garrot, et il entend en profiter. Zébu, zébu. Pareille aubaine ne se représentera peut-être jamais, zébu, zébu, il ne laissera pas passer cette occasion de dire zébu comme il dirait chien. Oh, le beau zébu blanc ! Ici il peut légitimement dire zébu zébu zébu zébu zébu zébu zébu. Va-t-il au moins prendre soin de ce troupeau ? Zébu zébu zébu... faudra-t-il finalement le bâillonner ?

Il a pincé les cordes d'une kora. La musique africaine n'a plus de secrets pour lui.

Oreille rouge ne ferme jamais à clef la porte de sa chambre. Cela ne se fait pas dans le village. Voilà une belle leçon de confiance que nous serions bien inspirés de méditer, pense-t-il. Mais la combinaison de sa valise est brouillée, sur l'armoire, et dedans il y a tout son argent. Est-ce là le fruit de sa méditation ? Il a parfois encore des mouvements d'impatience : faut-il donner des crayons bille aux mouches aussi pour qu'elles nous lâchent ? grogne-t-il. L'épisode du coup de poing serait sans doute davantage à sa place ici, se dit-on. Il va falloir tout refondre. Pas une seule fois, il n'a aidé une femme à tirer l'eau du puits.

Ce qu'il aime, assis à l'arrière de la voiture, c'est regarder l'Afrique par la fenêtre.

Roulements de tambour. Applaudissements. Une femme arrive qui porte sur la tête un ballot de vingt ou trente calebasses emprisonnées dans un filet. Et telle cependant *elle se fond dans la foule.* Deux exploits impossibles pour Oreille rouge. Certaines portent l'eau, d'autres la terre ou le sable, d'autres du bois pour le feu. Celles qui n'ont qu'un foulard soutiennent certainement le ciel. Longues et fines, ondulantes, elles défilent le long du fleuve, top-modèles sans rivales, la collection printemps-été en boule dans la bassine en fer blanc posée sur leur tête.

Oreille rouge défend avec ardeur la cause de la femme africaine en lorgnant ses fesses hautes d'un œil fou.

Vu aussi sur les têtes : bûche, bêche, bâches, seau, marmite, fagot, botte de carottes (chevelure rousse en épis), panier, poulet plumé, plateau, bidon, cageot, gigot, sac, carton, pile de serviettes, pile de planches, chaise, table, canari, bouteille debout – et dans ces bidons, ces cartons, ces marmites, ces seaux, ces cageots, tout ce que contient aussi le dictionnaire. Certaines trichent. Entre leur tête et les douze kilos de vaisselle, elles placent un foulard plié, semblable ainsi à un petit coussin plat... peuh ! Et en voici une maintenant qui trébuche et laisse choir son ballot de linge. Moi aussi, je suis maladroit, lui dit Oreille rouge, même mes cheveux ne tiennent pas sur mon crâne.

Les demi-calebasses emboîtées en rond forment une grosse citrouille. La princesse embarque ce carrosse sur sa tête. Le cheval est dans ses reins.

Un roi voulait marier sa fille, mais celle-ci ne trouvait aucun prétendant à son goût. Les hommes les plus beaux, les plus riches, les plus nobles, les plus valeureux faisaient en vain leur cour. En vain, ils déposaient fleurs et cadeaux à ses pieds (qu'elle avait menus et fins, et c'était soudain en les regardant comme si le reste du monde n'était peuplé que de palmipèdes).

Elle contemplait dans les yeux des hommes sa beauté hautaine et implacable. Une telle perfection n'est pas de ce monde, pensait-elle. Qui sont-ils tous pour se prétendre dignes de moi ?

Par orgueil, elle se mura dans le silence et ne prononça bientôt plus un mot. Était-elle devenue muette ? Le roi au désespoir promit d'accorder sa main à celui qui saurait dissiper ce funeste sortilège et lui rendre la parole.

Mais les multiples tentatives de ses soupirants échouèrent les unes après les autres. Ni les sacrifices ni les prières ne firent se desserrer ses lèvres.

Un jour, un lépreux se présenta devant la princesse. Il était vêtu de haillons comme si son habit aussi avait contracté le mal hideux qui le rongeait.

Tout le monde alentour se mit à rire et se moquer.

Comment ! Les hommes les plus beaux du pays, les plus riches, les plus nobles, les plus valeureux n'ont su réjouir son cœur et lui rendre la parole, et toi, chien galeux, lépreux immonde, guenillard, tu prétends y parvenir !

La fille du roi elle-même sembla se rembrunir davantage.

Mais le lépreux ne dit rien. Il accorda à peine un regard à la princesse. Il s'assit sur ses talons et commença à dresser un petit feu pour faire bouillir l'eau de son thé. Il ne mit que deux pierres dans le foyer si bien que la théière mal assurée se renversa sur le sable. Il l'emplit d'eau à nouveau, à nouveau il la posa sur les deux pierres, à nouveau elle se renversa. Patiemment, il recommença, deux fois, trois fois encore et deux fois, trois fois encore, la théière se renversa. À la cinquième tentative, la princesse excédée s'écria :

– Mets donc une troisième pierre dans ton feu !

Et c'est ainsi qu'une très orgueilleuse princesse épousa un lépreux.

Assis au bord du fleuve, sur une pierre plate, il écrit au clair de lune une poésie digne de cette lumière sur sa page : plutôt faiblarde. L'aile de la chauve-souris mouche une à une les étoiles qui se rallument aussitôt telles des bougies de farces et attrapes et clignotent imperturbablement. Oreille rouge dirige vers le ciel le faisceau de sa lampe de poche. C'est sa réponse. Comprenne qui pourra. Il croit deviner la provenance du grincement lamentable qui déchire régulièrement la nuit. Ô Normandie !

Mais que ferait une armoire ici, au bord du fleuve Niger ?

Des étoiles filantes parfois traversent le ciel, flamboyantes comètes, pareilles celles-ci à des fusées de feu d'artifice. Quand il en voit une, Oreille rouge émet le vœu d'en voir une autre. Ou bien il émet le vœu de posséder un jour une grande maison et il a le temps de meubler chaque pièce – puis brode ses initiales au petit point sur les draps et sur les mouchoirs empilés dans le buffet de sa chambre dont il change le papier peint – avant que ne s'estompe complètement le scintillement rouge et or.

Pour trouver le monde à son goût, il n'a qu'à lui tourner le dos et regarder en l'air.

Ce spectacle lui aura dévissé la tête. Il doute maintenant de ce qu'il voit : ici, le croissant de lune n'est pas une parenthèse, mais une coupe, une barque, un sourire. Oreille rouge songe à tout ce que la littérature occidentale aurait fait de ce prodige et comme Jules Laforgue par exemple s'en fût réjoui. C'est à lui seul pourtant qu'il incombe de chanter ce miracle. À lui l'aubaine de ce poème inédit. Puis cette responsabilité soudain l'accable. Et il laisse sa tête choir sur son épaule.

Quand la nuit tombe, enfin, il est noir comme tout le monde. Hélas, personne ne le verra si beau.

Ses pas le ramènent dans le village éclairé depuis peu par de tristes néons blancs, si bien que l'Afrique la nuit évoque un hiver en Norvège. La froide lumière lui en apprend de belles. Comme la Normandie est loin ! La plainte qui régulièrement déchire le silence de cette nuit calme émane d'un petit groupe d'ânes là-bas, sous les arbres. Rauques ahans de leurs scies dans le bois. C'est braire. Après une journée de trait, ils doivent encore couper des branches pour le feu. Les crapauds qui les ont relayés à la sablière n'auront fait que coasser sur la rive : les ânes le découvrent avec dépit au lever du soleil. Tous les matins, c'est la même chose. Et qui va abattre cette besogne, croyez-vous ?

Pour les petits ânes aujourd'hui encore ce sera double charge.

Oreille rouge pénètre dans la grande cour de la concession où vit la famille de Toka. Un enfant accouru lui indique la chambre de son frère. En s'approchant, Oreille rouge entend celui-ci qui parle à voix basse. *L'hippopotame se couche et se lève en passant par la position assise, comme les porcs. Sa nage est un galop. La femelle a deux mamelles. Quand elle se rend à l'eau, elle porte souvent son petit sur le dos ou sur le cou. Celui-ci est capable de téter sous l'eau... L'hippopotame se couche et se lève en passant par la position assise...* Oreille rouge écarte en silence le rideau qui fait office de porte. Toka est assis devant le volume ouvert d'une vieille encyclopédie. Il lit quelques phrases à voix haute, puis ferme les yeux, relève la tête et récite ce qu'il vient de lire. Aussi menteur en somme que Fabrice del Dongo ou Julien Sorel. Nous avons bien fait de nous en remettre à lui pour la fiction.

Oreille rouge le laisse à son observation des hippopotames du Niger. Il se retire discrètement.

Une femme noire au teint très clair marche au ralenti dans la ville : on se fige sur son passage, foudroyés. En certains cas, la différence est nulle entre le sirop et la glu, dit la musique qui l'accompagne. Passe la jeune femme comme une caravane dans la ville arrêtée : c'est à la télévision locale une publicité pour la crème dépigmentante Hippoclair. Or cette prodigieuse pommade détruit surtout les défenses naturelles de la peau qui développe au soleil d'atroces cancers dégénérescents. En outre, la dépigmentation n'est jamais uniforme sur le corps et la face, constellés de taches rosâtres, décolorés par plaques, irrévocablement lésés. Pour une cartographie exacte des continents blancs et noirs, se référer plutôt au classique atlas. Ce qui se confirme, en revanche, c'est que la crème Hippoclair boursoufle épouvantablement le visage et transforme bel et bien les jeunes femmes en hippos.

On se fige sur leur passage, vrai aussi.

Il paraîtrait donc que nombre d'hommes ici préfèrent désormais les femmes au teint clair. L'art des masques et de la statuaire préférera-t-il bientôt le pin aux bois noirs des plaqueminiers ? Voici encore un magnifique cadeau de l'Occident à l'Afrique, se dit

Oreille rouge, et typique de notre domination, de notre exemplarité, du triomphe de notre système à l'échelle planétaire : la fausse blonde. Et pourtant, l'Afrique insiste : percussions, couleurs, senteurs puissantes et tenaces, rires sonores. Voilà ce qu'Oreille rouge tout de même a compris de l'Afrique : elle insiste. Il nous vient d'un pays où le moindre éclat est étouffé dans le capiton, la grisaille et le déodorant. Il y a bien longtemps que la dépigmentation est consommée là-bas. On a même blanchi les consciences.

Ici, les boulets de savon noir que les femmes du village confectionnent avec les rejets de potasse de l'usine leur trouent les mains.

Une lourde pierre qui coince l'extrémité des fils de chaîne tendus parallèlement entre les orteils des deux pieds joints tandis que la main infatigablement faufile le fil de trame, et voilà, vous êtes un métier à tisser. Le travail abattu dans la journée se chiffre en kilomètres. C'est le quartier des tisserands de Bamako, entre un cimetière de voitures (ou est-ce un parking ?) et une décharge publique dans laquelle on s'affaire aussi. La notion d'ordure est de toutes les notions la plus relative. À San, trois enfants aux grands yeux le regardent manger son riz à la sauce arachide. Je fais sensation avec mes oreilles rouges, se dit-il.

Puis il repousse son assiette, rassasié, et ses admirateurs aussitôt se partagent les quelques grains qu'il a laissés.

Dans son grand poème sur l'Afrique, il brossera le tableau clinique du Mali, avec une strophe délirante sur le paludisme et les fièvres, une strophe exténuée, lacunaire, sur la bilharziose, une strophe ébréchée sur la carie dentaire, une strophe boiteuse sur la poliomyélite agissant de fait comme la seule protection efficace contre le sida, une strophe grêle et enflée sur la malnutrition dans les villages de brousse.

On y mettra de la musique, world music, ça fera une chanson.

En bambara, tu perds une jambe, un œil, ou ne serait-ce qu'une phalangette, tu es un *mogoto* : un reste d'homme. Ta langue natale ne te ménage pas, mais tu peux compter sur tes frères. La carcasse de la voiture demeure là où son moteur a lâché, celle de l'âne aussi, mais on relève le mogoto tombé à terre. Dans nos pays, ce sera le contraire, constate Oreille rouge et répète, fredonnant, cherchant un label, la notion d'ordure est de toutes les notions la plus relative.

L'or de l'Afrique est dans le rocher ou dans les alluvions de la rivière. Le retard technologique est tel qu'on ne sait pas encore l'extraire des poches.

Oreille rouge referme son petit carnet de moleskine noire sur ces nobles pensées et prend un livre. Kafka hésite à épouser F. Il écrit au père de celle-ci une longue lettre argumentative dans laquelle il lui explique pourquoi il serait bien inspiré de refuser sa demande. Oreille rouge lit cette lettre à Mopti, dans une chambre fraîche et misérable ornée de grands canevas hors contexte eux aussi (une corrida, un paon sur la balustrade d'un palais toscan), où dorment également, derrière un rideau, couchées sur des nattes et sifflant par le nez, les deux aimables matrones qui l'hébergent.

Il jouit subtilement de tous ces contrastes puis sa tête lourdement roule sur son épaule et ses ronflements couvrent la respiration sibilante des dormeuses.

III

À son retour, il est l'Africain. Dès qu'il entend le mot Mali, il intervient, il est question de lui. Laissez parler l'expert. Et lorsque le Mali n'est pas dans la conversation, il l'y met, on peut compter sur lui. L'été au Mali, les fruits au Mali, les moustiques au Mali, l'école au Mali, la nuit au Mali, la démocratie au Mali, la pollution au Mali, la musique au Mali.

Et si l'on parle de vin, il dit qu'il n'y a pas de vin au Mali.

Et quand le silence règne, il le rompt pour faire observer que le silence n'est pas le même au Mali. Le silence là-bas a une autre qualité, un autre grain.

Il n'est pas tissé des mêmes fils. Inutile pourtant de s'acharner. On ne saurait en donner idée. Le silence là-bas, c'est tout autre chose. Le silence là-bas, comment dire. Le silence là-bas est plus plein. Il est plus dense, plus peuplé.

Il bruit.

Pas un repas en sa compagnie sans les mots mil et niébé. Il dit aussi fonio. Parfois, il parvient même à placer tô sauce gombo. Oh ! comme il nous fatigue ! Tandis qu'au Mali... Eh bien, au Mali... Moi qui ai récemment séjourné au Mali... Moi qui entretiens une relation privilégiée avec le Mali... Si vous aviez comme moi vécu au Mali... Dites-vous bien qu'au Mali... Pour prendre l'exemple du Mali... C'est comme au Mali...

Non, ce n'est jamais comme au Mali. Au Mali, c'est très différent.

Ça n'a rien à voir avec le Mali, il nous le fait clairement comprendre. Ce qu'il a vécu au Mali reste de l'ordre de l'ineffable, mais ceci au moins est une chose qui peut être dite de multiples façons. Indicible, indescriptible, inimaginable, inracontable, inénarrable, inexprimable sont des synonymes bien utiles et, quand le lexique est épuisé, il y a encore le regard rêveur qui en dit long.

Les détails sont dans les battements de cils.

Mais il ne tarde pas à reprendre la parole. Il vous parle du ciel étoilé de l'Afrique comme s'il revenait de Saturne. Ici, il préfère ne plus lever les yeux, la nuit. Ça n'en vaut pas la peine. Trop décevant. Il a vu tout ce qu'il fallait voir du ciel. L'astronomie, c'est une page tournée pour lui. Là-bas, les étoiles ne sont pas les mêmes. Celles d'ici sont bien pâles en comparaison. Il ne va pas risquer un torticolis pour ce cosmos de plafond peint.

Et il chasse un caillou de la pointe de son soulier, en maugréant.

Il est de retour dans sa ville grise un mardi gras, sous les confettis. Cette parodie de fête l'afflige, vous pensez bien, un qui a connu la liesse africaine. C'est encore une pluie pénible que le vent rabat, rouge, verte et bleue. La boue qui se forme dans les caniveaux n'en est que plus pâteuse, répugnante. Il y a du monde dans la rue et pourtant personne. Ces passants sinistres, ces masques gris ne prétendent tout de même pas constituer une population.

Est-ce que les Blancs seraient des Nègres morts ?

Il vérifie furtivement dans la vitrine d'une devanture que son visage est bien ce qu'on appelle buriné et même qu'il n'y a pas d'autre mot pour dire ça. Il a été à Tolomandio, Tienfala, Moribabougou, Sala, Tabakoro, Siribougou, Zantiguila, Wolodo, Marka, Counga, Korokoro, Bla, Tigole, Yogui, Fanzana, Cinzana, Koumouni, Tomale, Gouni, Wakoro, Mafeya, Teriabougou, Niamosso, Saman, Yangasso, N'Gouma, Daclan, Mansarra, lui.

Parfois même, il y est retourné.

Il connaît Diabougou, Zambougou, Binguedougou, Dialakorobougou, il est l'Africain, son regard se heurte douloureusement aux murs. Son rire est sans retenue. Sa main ne lâche pas ta main. Assieds-toi à sa table, mange dans son assiette, entre dans sa danse, confie-lui tes enfants à élever en plus des siens. Il est l'Africain supportant bravement son exil. Mais tout en lui chante : Afrique ! Afrique !

Il va devoir se soumettre à de fréquents contrôles d'identité et loger dans un squat.

Et j'ai vu des hippopotames ! a-t-il l'aplomb d'affirmer. Ses yeux brillent. On jurerait qu'il a adopté un petit. Il nous le montrera si on insiste un peu. Je l'ai provisoirement installé dans ma baignoire. Sa mère me l'a confié avant de mourir. J'ai encore dans l'oreille sa plainte déchirante. J'ai vu chavirer l'Afrique dans son œil révulsé. C'est un mâle de trois semaines.

Il est chaque jour un peu moins folâtre.

Et il faut le nourrir, un animal de cette taille. Il pèse déjà cent trente kilos. Il est de plus en plus vorace. Il ingurgite d'énormes quantités de foin. Ma baignoire sera bientôt trop exiguë. Il n'a qu'à remuer un peu la queue pour inonder ma salle de bains. Dès que je le laisse seul dans l'appartement, il fait du tapage. J'ai eu des plaintes des voisins. Mais il est si attachant, si drôle. Sa gaucherie même est comique.

Finalement nous ne pourrons pas le voir. S'est échappé. Par les canalisations sans doute, ou par la fenêtre. Il y a aussi dans le plafond une petite trappe qui mène aux combles et, de là, on est vite sur les toits.

Il fait mine de s'étonner de ne pas soulever de poussière quand son pied frappe le sol. Ah, il va lui falloir un moment pour se réacclimater à l'Europe. J'étais en Afrique, répond-il laconiquement au garçon de café qui se demandait pourquoi on ne le voyait plus, aux commerçants qui le croyaient mort. J'étais en Afrique. Ça les mouche.

Tandis que tout se marchande au Mali, dit-il à la caissière du Monoprix qui le regarde avec compassion.

Ou serait-ce de la consternation ? D'une manière générale, il doit déchanter un peu sur l'accueil qu'il reçoit ici. On lui pose bien quelques questions mais il se demande si elles sont inspirées par la curiosité ou par la politesse. Car ceux-là même qui les posent écoutent à peine ses réponses, pourtant précises et circonstanciées, et se lancent s'il a le malheur de s'interrompre pour ravaler sa salive dans le récit hors de propos de tel ou tel de leurs voyages.

Comment ne se rendent-ils pas compte qu'ils ennuient tout le monde ?

Plus énervants encore sont ceux qui prétendent avoir séjourné en Afrique et, parmi eux, il en est de franchement détestables, qui ne sont pas les plus nombreux mais qui font tout de suite beaucoup de bruit et affichent un petit air entendu horripilant, opinant à tout ce qu'il dit, parlant eux-mêmes à tort et à travers, renchérissant et surenchérissant, personnages irritants dont il punirait volontiers la morgue et l'aplomb insupportable en leur tordant le nez.

Ce sont ceux qui prétendent avoir séjourné au Mali, eux aussi.

Mais il ne tarde pas à reprendre la parole. Il vous parle du ciel étoilé de l'Afrique comme s'il revenait de Saturne. Ici, il préfère ne plus lever les yeux, la nuit. Ça n'en vaut pas la peine. Trop décevant. Il a vu tout ce qu'il fallait voir du ciel. L'astronomie, c'est une page tournée pour lui. Là-bas, les étoiles ne sont pas les mêmes. Celles d'ici sont bien pâles en comparaison. Il ne va pas risquer un torticolis pour ce cosmos de plafond peint.

Car en plus il se répète beaucoup.

Il dispose avec soin sur son étagère trois petits hippopotames non moins méticuleusement sculptés dans la dent d'un plus gros et l'éléphant d'ébène du marché des artisans de Bamako. Rien à voir donc avec ces bibelots que rapportent volontiers les touristes. Il a un autre sujet de fierté : il n'a pas acheté cette porte Dogon qui eût fait de lui un pilleur cynique des richesses locales et dont le prix excédait toujours ses moyens au terme de l'âpre négociation.

Mais il conservera toute sa vie le fruit sec et ridé qu'il découvre au fond de son sac.

Vieille pomme golden qui s'y trouvait déjà avant son départ pour l'Afrique. Et il plisse les yeux pour faire disparaître les berges de ciment du canal de l'Ouche et ne tenir dans son regard que les eaux scintillantes du Niger. On le voit aussi beaucoup au jardin zoologique. Voilà donc où étaient passés les animaux de la savane, la girafe, le lion, l'hippopotame. Après avoir scrupuleusement décrit le contexte, il introduit maintenant les personnages.

Comme il a bien lu Balzac !

Pendant quelques jours, il veille à ne pas laisser couler l'eau lorsqu'il se brosse les dents. Il mange ses oranges à l'africaine : un coup de dents pour arracher un morceau d'écorce, puis tu presses et aspires. Ses doigts tambourinent sur les tables, sur le capot des automobiles, sur tout ce qui sonne. Tout est percussion pour lui. On doit le menotter pour qu'il cesse de nous tapoter le crâne.

Il se surprend dans la rue à fredonner l'hymne national malien.

Pour l'Afrique et pour toi, Mali
Notre drapeau sera liberté
Pour l'Afrique et pour toi, Mali
Notre combat sera l'unité
Ô Mali d'aujourd'hui
Ô Mali de demain
Les champs fleurissent d'espérance
Les cœurs vibrent de confiance

Mais, après quelques jours, il range dans un tiroir son porte-clés touareg constitué de longues franges de cuir multicolores. Après quelques jours, il a repris toutes ses habitudes. Personne n'a profité de son absence pour lui voler sa place, curieusement. C'est bien notre homme, qui pourrait s'appeler Jules, Alphonse, ou Louis-Marie. On ne le reconnaîtrait pas entre mille. C'est donc bien lui, qui flâne dans la ville grise. Il a retrouvé ses mains au fond de ses poches.

Sa goélette est à l'amarre dans le petit port de plaisance de Saint-Usage (Côte-d'Or).

Cependant, il reste l'Africain, si vous en doutez, il peut vous citer Kombaya, Promani, Tobomka, Bieso, Ganga, Torekoungo, Koutiala, Tion, Seoulasso, Bossoni, Tominiam, Kong, Téné, Fongasso, Konguena, Ouan, Ouéna, Kessedougou, Kindia, Mandio, Parandougou, Bougouni-Gana, Somo, Bogossoni, Sononsso, Koutienso, Kemini, Oundja, Noumoudougou, Manabougou, où il s'est rendu, lui.

Quand il croise un Noir dans la rue, il lui adresse un petit sourire de connivence (pendant quelques jours).

Avouera-t-il pourtant qu'il se mêle à la foule comme il entrerait dans la mer, léger soudain, soulagé. Il n'a plus de corps visible. Il n'est peut-être pas là. Personne ne pourra témoigner. Il se perd dans ses pensées vagues ou flotte au contraire hors de lui, dans l'espace que son regard embrasse. Il n'a plus à répondre en permanence de sa présence en ce lieu ni à contrôler les muscles de sa face.

Et la rugueuse indifférence des passants est apaisante et douce comme un baume.

Finalement, il ne se fera pas tailler un costume dans la pièce de basin orange à motifs géométriques bleus qu'il a rapportée de Ségou. Il projette maintenant un petit séjour dans le Finistère. Il doit enfoncer son nez dans la pâte d'arachide pour retrouver la sensation de l'Afrique. Sous l'emprise de ce psychotrope puissant, il a parfois encore une vision. Le Mali se cherche entre tradition et modernité, dit-il alors en levant l'index.

Et la Lune donc.

L'Afrique sensible lui échappe. Il commence à pontifier. Écoutons-le distraitement. Leurs voitures roulaient en France il y a vingt ans, trente ans. Leurs bibliothèques reçoivent les livres promis au pilon, vieux succès mièvres, répugnants. Leurs hôpitaux sont approvisionnés en médicaments périmés. Leur télévision diffuse nos plus affligeants feuilletons. Ainsi les pays riches prétendent secourir l'Afrique : en déversant sur elle leurs tombereaux d'ordures.

Ce n'est pas faux.

L'animisme – superstition ou pas – émanait incontestablement d'une grande sagesse politique. Était-il réellement funeste de fouler la margelle du puits ? En tout cas, l'eau n'était pas troublée par des pieds sales. Le bosquet était-il habité par les esprits ? En tout cas, nul ne se serait risqué à tronçonner ses essences rares et précieuses. Si tu perçais de ta lance une femelle gravide, condamnais-tu ton épouse à mourir en couches ?

Il vous pose la question les yeux dans les yeux.

Et celui qui commettait de grands carnages de gibier excédant ses besoins demeurait-il sans descendance ? En tout cas, la faune était préservée. Avec la christianisation et l'islamisation, chacun se croit quitte envers Dieu s'il fait ses prières quotidiennes et respecte les interdits, mais la nature est razziée, pillée, polluée. Les antilopes ont disparu. Il n'y a plus que des hyènes dans la savane, dont le rire forcé fait peine à entendre.

Voilà à quoi il en est réduit : il répète partout comme siennes les idées de son ami Bassakoro.

Il a vidé son sac. Il n'a plus rien à dire. Ce n'est pas encore la panique mais déjà on le sent fébrile, prêt à tout. Il prétend maintenant qu'il a vu un saurien énorme jaillir de la mare aux caïmans sacrés, dans le pays Dogon, et refermer sa mâchoire sur une jeune gazelle qui se désaltérait là innocemment, avant de l'entraîner dans les profondeurs vaseuses du marigot. On frissonne en essayant de transposer l'anecdote sous nos climats.

Avec en guise de marigot vaseux le courant d'une onde pure et, dans les rôles du caïman et de la gazelle, par exemple le loup et l'agneau.

Il est aux abois. Il raconte à présent les souvenirs des autres. Un serpent s'est enroulé autour de sa jambe tandis qu'il dormait. Tandis qu'il était couché sur le sable, un scorpion lui a piqué le lobe de l'oreille. Sous ses yeux, trois hommes ont frappé à mort un écureuil avec des bâtons. Chargé par un phacochère, il n'a dû son salut qu'à l'intervention d'un autre phacochère, rival du premier dans la horde et qui lui a planté ses broches dans le flanc.

Mais oui, mais oui.

En vérité, il n'a vu que des tourterelles bleues et quelques libellules bizarres. Il a vu surtout des margouillats. Ça se mange, affirme-t-il sans rire en faisant circuler une photo du gros lézard eczémateux. Tu prends ton margouillat. Tu lui coupes tête, pattes et queue. Tu incises la peau du ventre de haut en bas et tu dépouilles la viande. Puis tu la fais griller en ajoutant quelques condiments et épices à ton goût.

Eh bien, ce n'est pas plus mauvais que le caméléon.

Faites-le taire. Ne l'écoutez plus. Il est revenu sur ses terres. C'est lui, là, dans ces bottes de caoutchouc vertes. Ses vêtements sentent la pluie et le feu de cheminée. Son pèse-personne imperturbable atteste qu'il ne s'est rien passé : 72 kilos, les mêmes. Jean-

Léon se hisse pour la première fois sur le rocher ultime de la pointe du Raz. Il lève les bras en signe de triomphe. Il ne sait plus où est l'Afrique. Il ira peut-être un jour.

Ou en Asie.

CET OUVRAGE A ÉTÉ ACHEVÉ D'IMPRIMER LE TRENTE MAI DEUX MILLE SEPT DANS LES ATELIERS DE NORMANDIE ROTO IMPRESSION S.A.S. À LONRAI (61250) (FRANCE)
N° D'ÉDITEUR : 4422
N° D'IMPRIMEUR : 071284

Dépôt légal : septembre 2007